L'AVEVGLE
CLAIR·VOYANT,
COMEDIE.

Repreſentée ſur le Theatre Royal
deuant leurs Majeſtez.

A PARIS,

Chez TOVSSAINCT QVINET, au Palais, ſous la montée
de la Cour des Aydes.

M. DC. L.

AVEC PRIVILEGE DV ROY.

A MONSEIGNEVR

MONSEIGNEVR
LE COMTE
DV DAVGNION,

LIEVTENANT GENERAL
pour le Roy aux Villes & Gouuernemens de Broüa-
ge, la Rochelle, Païs d'Aulnis, Isles & Citadelles
d'Olleron & de Ré. Seul Lieutenant General des
Armées Naüales de sa Majesté, & Intendant general de la Marine, Nauigation & Commerce de France.

MONSEIGNEVR,

Ie serois plus Aueugle que celuy que ie vous
présente, si m'estant proposé de le faire passer

pour Clair, voyant, l'empruntois d'autre que de
vous de l'esclat, du iour, & des lumieres. Comme
ie ne croy pas que cette production soit assez puis-
sante pour se soustenir d'elle-mesme, ie n'estime
pas aussi qu'elle ait si peu de force qu'elle ne puisse
entreprendre vn voyage de cent lieuës, pour rencontrer où vous estes vn Protecteur & vn Appuy.
Quelques vers que ie vous ay desia presentez
s'estans trouuez à vostre goust, ie ne me persuade
pas qu'vne composition d'vn stile de pareille nature vous doiue estre desagreable. L'Illustre
Comte du Daugnion fait tousiours mesme ac-
cueil aux choses qui se ressemblent & qu'on luy
offre auec mesme affection; son obligeante hu-
meur ne se démêt iamais, non plus que son coura-
ge, A ce mot, MONSEIGNEVR, commandez
moy de me taire, si vous ne voulez entendre des
veritez : Vous possedez parfaitement cette gran-
deur d'Ame & cette heroïque vertu qui apprend
aux hommes à mespriser le danger, la mort & la
fortune. C'est par ce glorieux oubly de vous mesme que vous auez si souuent donné de la terreur
aux ennemis de cét Estat ; c'est par ce noble mespris de la Vie, qu'on vous a pris entant de meslées
pour le Dieu des combats, & qu'vn mesme trouble ayant osté la conduitte aux Chefs, & la resolution aux Soldats, il n'est iamais demeuré personne

ij.

qui ofaſt tourner viſage, pour s'aſſurer ſi c'eſtoit
vn homme qui les faiſoit fuïr. Mais à vous figu-
rer par d'autres traits & pour arriuer par degrez
au rang que vous tenez auiourd'huy : Si l'on con-
ſidere voſtre Naiſſance, vous auez auec auantage
cette vertu naturelle qui ſuit le ſang, & que nous
appellons Nobleſſe. Si l'on regarde voſtre Fortune, elle eſt grande, & telle qu'eſtant moindre elle
ſeroit au deſſous de ce que vous meritez. Si l'on
veut connaiſtre voſtre Eſprit, il en éblouït beaucoup d'autres de ſes lumieres ; ſi l'on iette les yeux
ſur voſtre Iugement ; les euenemens ne les ſurpre-
nēt iamais : ſi l'on s'informe enfin de vos Employs,
ils ſont importans. Le plus ſouuerain des Monar-
ques qui vous reconnaiſt pour l'vn des plus Illu-
ſtres ſuiets de ſa Couronne, & peut-eſtre pour le
plus fidelle depoſitaire d'vne partie de ſa Puiſſan-
ce, ne vous occupe à rien que de conſiderable &
de glorieux, où touſiours par des actions qui vont
iuſqu'au prodige, vous ſouſtenez contre toutes
ſortes de rebelles & de factieux l'Authorité de ce
Maiſtre qui peut tout. Quelque choſe que i'aye pû
dire, MONSEIGNEVR, il m'en reſte à dire
dauantage ; mais comme la Peinture n'a point
trouué iuſqu'icy de traits pour bien repreſenter la
lumiere ; l'Eloquence n'a point inuenté de termes
pour dignement loüer la vertu, l'achéue donc par

â. iij

vne impuiſſance de pourſuiure, & par la crainte de
vous faſcher par où ie ſatisferois tout le monde,
permettez-moy ſeulement encor vn mot, pour
vous aſſurer que ie priſe plus que toute ma vie le
peu de temps que i'ay eu l'honneur d'eſtre auprés
de vous, & pour vous ſupplier de croire que ie
ſuis par naturelle inclination, & par le ſouuenir de
vos biensfaits,

MONSEIGNEVR,

Voſtre tres-humble, tres-
obeiſſant & tres-obligé ſer-
uiteur, BROSSE.

Extraict du Priuilege du Roy.

PAR grace & priuilege du Roy donné à Paris le 10. iour de Nouembre 1649. Signé, Par le Roy en son Conseil, Le Brun. Il est permis à Toussainct Quinet Marchand Libraire à Paris, d'imprimer ou faire imprimer, vendre & distribuer vne piece de Theatre intitulée, *L'Aueugle Clair-voyant*, *Comedie*, *du sieur Brosse*, pendant le temps de cinq ans entiers & accomplis. Et defenses sont faites à tous Imprimeurs, Libraires & autres, de contrefaire ledit Liure, ny le vendre ou exposer en vente d'autre impression que de celle qu'il a fait faire, à peine de trois mil liures d'amende, & de tous despens, dommages & interests, ainsi qu'il est plus amplement porté par lesdites Lettres, qui sont en vertu du present extrait tenuës pour bien & deuëment signifiées, à ce qu'aucun n'en pretende cause d'ignorance.

Acheué d'imprimer pour la premiere fois le 2. Mars 1650.

Les exemplaires ont esté fournis.

LES ACTEVRS.

CLEANTHE   Pere de Lidamas & de Me-
          lice, Amoureux d'Olimpe.

OLIMPE   Ieune veufue, Amoureuse
          de Lidamas.

LIDAMAS   Amoureux d'Olimpe.

MELICE   Amoureuse de Thelame.

THELAME   Caualier, Amoureux de Me-
          lice.

NERINE   Suiuante d'Olimpe.

LVCILLE   Suiuante de Melice.

SYLVESTRE   Valet de Cleanthe.

*La Scene est à Blois dans la maison de
Cleanthe.*

                             L'aucu-

L'AVEVGLE CLAIR-VOYANT.

COMÉDIE.

ACTE I.
SCENE PREMIERE.

OLIMPE, NERINE.

NERINE.

VOY ma discretion vous est-elle suspecte ?
Ignorez-vous encor combien ie vous res-
pecte ?

OLIMPE.

Non, apprends d'vn recit veritable & succint
La nature du mal dont mon cœur est atteint,

A

Tu sçais que le Soleil depuis que ie fus vêue,
N'auoit à ses trauaux que vingt fois donné trêue,
Quand Cleanthe échauffé d'vn feu sombre & mourant
Que mes yeux n'auoient pû bien esteindre en pleurant
Vint me faire visité, & d'vn adroit langage
Exagera les soins qu'enfante vn long veuuage,
Tu sçais encor comment d'vn discours medité,
Il me galantisa sur mon peu de beauté.
Et puis comme acheuant ce compliment friuole
Vn soupir preparé luy coupa la parole,

NERINE.

Vous pristes du plaisir à l'entendre, à le voir,
Vostre esprit & vos sens vindrent à s'esmouuoir;
Vous l'aimates enfin !

OLIMPE.

Oüy, d'vn dueil tacite
I'acceptay sa recherche ainsi que sa visite.

NERINE.

On fit courir le bruit qu'hymen dans peu de iours
Deuoit de vos ardeurs authoriser le cours.

OLIMPE.

Cleanthe m'en pria, mais ma pudeur blessee
Reietta sa priere & blasma sa pensee.

Les manes d'vn mary gisant dans le tombeau
D'vn si prompt hymenée éteindroient le flambeau,
Luy, dis-je, & leur dépit ioinct au courroux celeste
Rendroit nostre alliance & sterile & funeste ;
Ie veux pendant vn An demeurer dans le deüil
Et de ma continence honorer son cercueil.
Cleanthe à ce propos montra de la tristesse,
Mais bien-tost sa raison se rendit la maitresse,
Il loüa mon dessein, & conuint auec moy
Que l'honneur & l'amour m'imposoient cette loy.
    En ce temps cet Auguste & glorieux Monarque
Qu'auec estonnement tout l'Vniuers remarque,
Pour se rendre iustice & rentrer dans ses droits
D'vn siege bien formé pressoit les Dunquerquois,
Cleanthe en attendant que i'essuirois mes larmes
Se resolut d'aller paraitre sous les armes,
De signaler son cœur, de seruir son païs,
D'oster à l'Espagnol des Estats enuahis
Et croistre de son Roy l'illustre Renommee
En aioustant vn bras au corps de son armee,
Il partit sans demeure, & dans fort peu de temps,
Dunquerque le compta parmi nos combattans.
Mais helas dans le camp, soit par trop de fatigue,
Ou soit que contre luy la fortune se ligue,
Ses yeux auparauant si perçans & si clairs
Sont d'vn nuage obscur soudainement couuerts ;

Ces naturels flambeaux demeurent sans lumiere,
Sans rien perdre pourtant de leur beauté premiere,
On diroit à les voir qu'ils lancent des rayons
Qui des obiets encor luy tracent les crayons.

NERINE.

Ce malheur arriué depuis vne ou deux Lunes
Peut-il causer encor vos plaintes importunes ?

OLIMPE.

Non, ce trait qui du sort marque là cruauté
Ne m'arracha des pleurs que dans sa nouueauté,
Mais en ayant depuis interrompu la course
Si tu m'en vois verser ils ont vne autre source.

NERINE.

Ce poinct est vn secret qui ne m'est pas conu.

OLIMPE.

Ie vay t'en informer d'vn discours ingenu.
Aussi-tost que ie sceu l'Accident de Cleanthe
Mon amoureuse ardeur deuint vn peu plus lente,
Et mon cœur chancelant dedans sa passion
Eut vn malin degoust de son affliction,
Ie combatis d'abord cette ingrate inconstance,
I'en voulus étouffer la premiere semence ;

Mais sur le poinct qu'alloit triompher ma vertu,
L'on donna du secours à ce vice abbatu.
Lidamas heureux fils d'vn deplorable pere
Vint pour me consoler de son destin seuere,
Il me vid, ie le vis, il parla, i'escoutay,
Mon œil incessamment sur luy fut arresté,
Sa grace me parut à nulle autre semblable ;
Il fit vn beau recit d'vn suiet lamentable,
Enfin en Lidamas toute chose me plut,
Et se rendit chez moy ce que son pere y fut.

NERINE.

Conut-il vôtre amour ?

OLIMPE.

Malgré ma retenuë
Dés sa conception elle luy fut conuë,
Ce caualier adroit, prudent, ingenieux,
Subtil, & bien instruit dans l'entretien des yeux,
Penetrant par les miens au fond de ma pensee
Y vid en traits de feu son image tracee ;
Cet indice asseuré qu'il estoit mon vainqueur,
L'obligea de s'ouurir en me montrant son cœur ;
Madame (me dit-il) le poutoir de vos charmes
Ne m'a pas d'auiourd'huy fait mettre bas les armes,
Depuis plus de six mois ie suis dedans vos fers

Et vos yeux sont les Rois & les Dieux que ie sers,
Mais d'vn pere amoureux l'imperieuse flame
M'imposoit de cacher la mienne dans mon ame.
Ie l'ay fait par respect iusques à ce moment
Que ie puis profiter de son aueuglemènt.
Il finit, & mon cœur charmé de sa parole
Se fit au mesme instant l'Autel de cet idole,
Vn regard languissant, vn soupir estouffé
Luy dirent doucement qu'il auoit triomphé.
Lors certain de mes feux comme de sa victoire
Il me dist qu'il falloit pour acheuer sa gloire
Que ie vinsse dans Blois faire quelque seiour,
Iusqu'à tant qu'on y vid son pere de retour;
Ie fus pour Lidamas à ce poinct complaisante,
I'y vins & descendis au logis de Cleanthe,
Où donnant à ma flame vne honneste couleur
Ie feignis d'arriuer pour visiter sa sœur,

NERINE.

Iusqu'icy quel suiet auez-vous d'estre triste ?

OLIMPE.

Apprends de ce qui suit en quoy mon mal consiste.
On attend le retour de Cleanthe auiourd'huy
I'ay peur qu'il croye encor que ie brûle pour luy
Que ses yeux estans morts sa flame viue encore,

Que sa bouche me loüe, & que son cœur m'adore,
Tu sçais que l'on void naistre vn grand nombre de
*   maux*
Quand le pere & le fils se rencontrent Riuaux,
Voila le seul sujet ma fidelle Nerine,
Du trouble qui me rend inquiette & chagrine.

NERINE.

Ie ne puis presumer qu'en son aüeuglement
Cleanthe veüille encor passer pour vôtre Amant,
Son fils au pis aller par de promptes adresses
Vous deliurera bien de ses froides caresses.

OLIMPE.

Nerine, tu dis vray, l'esprit de Lidamas.
Mais c'est luy que ie voy qui s'auance à grand pas.

SCENE II.

LIDAMAS, OLIMPE, NERINE.

LIDAMAS.

MOn pere est arriué Madame, & sa paupiere
Ne void plus les beautez qu'enfante la lumiere,

Ce n'eſt pas que ſes yeux ne paraiſſent fort beaux,
Mais c'eſt ſans l'éclairer que brillent ces flambeaux,
Par le malin effet d'vne cauſe cachee,
Leur action eſt morte, ou du moins empeſchee,
Dedans ce triſte eſtat ie ne puis conceuoir
Qu'il donne de l'amour ny puiſſe en receuoir.

OLIMPE.

Mais ne peut-il pas bien ayant perdu la veuë
Conſeruer vne amour auparauant receuë.

LIDAMAS.

En vain auprez de vous ie veux diſſimuler,
Mon pere bruſle encor, & veut encor bruſler,
On l'auoit du caroſſe à peine mis à terre
Qu'oubliant le malheur que luy cauſe la guerre,
Lidamas, m'a-t'il dit, en me parlant de vous,
Les Aſtres enuers elle ont-ils eſté plus doux?
N'a-t'elle point du ſort ſenty la perfidie,
Ou les aſpres accez de quelque maladie?

OLIMPE.

Il n'en faut plus douter, il eſt encor atteint,
Le feu que i'allumay n'eſt pas preſt d'eſtre eſteint,
Ce peu que i'ay d'attraits ſenſiblement le touche,
On n'eſt pas loin du cœur quand on eſt dans la bouche.

LIDA

LIDAMAS.

A l'instant que ses soins se declarent pour vous
Ie iuge qu'il n'est pas bien guéry de vos coups,
Doncques d'vne voix triste, Olimpe, mon cher pere,
N'est plus, luy dis-je lors, en estat de vous plaire,
De ce charmant objet les traits imperieux,
Sils furent le plaisir sont la peine des yeux,
Cette rare beauté d'vn chacun regardee
N'est plus qu'vn Estre feint, existant vn idee,
Vn tragique accident, vn rigoureux destin,
A de tous ses appas fait vn triste butin.
Là par le prompt secours d'vne adréte imposture
Au gré de mon desir ie forme vne Auenture,
Et tâche ainsi d'esteindre en vous defigurant
Vn feu qui me perdroit s'il deuenoit plus grand.

OLIMPE.

L'artifice est subtil, mais il n'est pas croyable
Qu'il soit à nos desseins bien long-temps fauorable,
Vous verrez dedans peu Cleanthe detrompé
Tant de vos vains discours soit-il preocupé;
Ie veux qu'estant aueugle il ne puisse conaître
Qu'au bal, sans me masquer, ie puis encor paraître,
Ie veux que vôtre sœur ayde à nostre projet,
Ie crains pourtant tousiours auec iuste sujet.

B

Le valet qui par tout marche auec vôtre pere,
Luy qu'on peut appeller le flambeau qui l'esclaire ;
L'Ange qui le conduit, l'Argus industrieux
Qui veille pour sa garde, & luy preste ses yeux,
N'est pas dans le renom d'estre si peu fidele
Que sçachant nostre ruse il l'endure & la cele,
Cleanthe par ses yeux verra tout nostre ieu,
Il conaitra ma flame, & sçaura vostre feu,
Il se rendra certain de ma prompte inconstance,
Il apprendra d'vn fils le peu de reuerence,
Il fera nos desseins tout d'vn coup eschoüer,
Et peut-estre ioüera qui le croira ioüer.

LIDAMAS.

Cette crainte est, Madame, vne pure chimere,
Ie dispose à mon gré du valet de mon pere,
Cet Argus est gagné, ses yeux sont ébloüys,
Et i'ay sçeu l'endormir au son de mes Loüis.
Donc sans vous allarmer d'vne crainte si vaine,
Attendez vne issuë agreable & certaine,
Et quoy que mon riual ait à venir icy,
N'ayez à son abord ny crainte ny souci,
Ne luy pouuant long-temps cacher vostre venuë
Mon ame sur ce poinct s'est fait voir toute nuë,
Mais i'ay dit pour tromper cet aueugle amoureux
Que vous n'estiez icy que d'vn iour ou de deux,

Encor dans le dessein de rendre vne visite
Dont la coustume veut que vous demeuriez quitte.

OLIMPE.

Mais encor dites-moy, si Cleanthe abusé
M'oblige à raconter mon malheur supposé,
Comment ne sçachant pas cet accident friuole
Pourray-ie auec la vostre accorder ma parole?

LIDAMAS.

Ie l'apperçois, passons dans cet appartement,
Ie vous en apprendray l'histoire en vn moment.

SCENE III.

CLEANTHE, MELICE, SYLVESTRE.

CLEANTHE.

Quoy contre mon vouloir & contre ma defense
Admettre en ma maison, Thelame en mõ absence,
Fomenter si long-temps vne inclination
Qui nasquit & s'accrut sans ma permission,
D'vn homme dont le nom me deplaist & m'irrite,
Entretenir l'espoir & souffrir la visite?

B ij

Ha Melice, est-ce là le respect qui m'est deu?
Et vostre iugement ne s'est-il pas perdu?

MELICE.

Ceux qui de ce rapport m'ont vers vous desseruie,
Sont portez contre moy de depit ou d'enuie,
Depuis que pour Dunkerque on vous vid quitter
   Blois.
Thelame n'est ceans venu pas vne fois,
Qui peut s'emanciper de dire le contraire
Fait à la verité....

CLEANTHE.

       Respectez vostre pere,
Ceux qui m'ont rapporté vos traits licentieux,
Cherissent vostre honneur, loin d'en estre enuieux.

MELICE.

Et bien pour ne vous pas en ce poinct contredire,
Aprés l'auoir souffert, croyez que i'en soupire,
Non pas du repentir d'auoir receu ses vœux,
Mais bien du doux plaisir que me causent ses feux;
En suis-je pour cela moins loüable qu'vne autre?
Sa maison en honneur cede-t'elle à la nostre?
Que s'il herite peu de ses Ancestres morts,
N'a-t'il pas des vertus qui sont les vrais tresors?

CLEANTHE.

Taiſez-vous indiſcrette, inſolente, effrontee,
Ma bonté cede enfin, vous l'auez ſurmontee,
Allez, retirez-vous, & ne me parlez plus
D'vn homme dont le bien conſiſte en ſes vertus,
Thelame, ie l'auoüe, eſt de famille illuſtre,
Mais ſon peu de fortune en efface le luſtre.
Il eſt tres-riche en biens de l'eſprit & du corps,
Mais on fait maigre chere auecque ces treſors,

SCENE IV.

CLEANTHE, SYLVESTRE.

CLEANTHE.

*S*Ylueſtre, ſi pour moy ton deuoir ne ſommeille
Dy-moy ce que mon fils t'a tant dit à l'oreille,
Sans qu'il m'ait ſoupçonné d'vn feint aueuglement
I'ay veu qu'il te parloit auec empreſſement.

SYLVESTRE.

Quand ie vous obeïs, ie ſuis dedans mon centre,
Si ie ments d'vn ſeul mot battez-moy dos & ventre,

Quoy que pauure garçon, ie suis homme de bien,
Et pour vous le montrer, il m'a dit, ne dy rien.

CLEANTHE.

Syluestre continuë, & parle sans reserue.

SYLVESTRE.

S'il a rien dit de plus, iamais ie ne vous serue.
Toutefois...

CLEANTHE.

Cher Syluestre acheue iusqu'au bout.

SYLVESTRE.

M'ayant dit, ne dy rien, il aiousté, & voy tout,
Et sa langue n'a pas prononcé ces paroles
Qu'il me fait dans la main couler quelques pistoles.

CLEANTHE.

Lidamas t'aura dit quelqu'autre chose encor
Que tu me veux celer en faueur de son Or.
Mais poursuis.

SYLVESTRE.

Si ma dague estoit bien émoulüe
I'ouurirois a vos yeux ma poitrine velüe.

C'eſt tout, où iamais Vin n'entre dedans mon corps,
Et cela c'eſt vouloir paſſer au rang des morts.

CLEANTHE.

Sylueſtre ie te croy. Fils inſolent & lâche
Ton crime ſe produit quand tu veux qu'on le cache :
Ne dy rien. Ces trois mots m'apprennent clairement
Ce que ie ne ſçauois qu'aſſez obſcurément.
Tu deuiens mon riual, fils ingrat & perſide,
Mais tu n'iras pas loin puis qu'vn enfant te guide,
Sylueſtre, s'il eſt vray que la ſincerité
Bannit de toy la fourbe & l'infidelité,
Garde de declarer à ce fils temeraire
Que ie me plains d'vn mal qui n'eſt qu'imaginaire.

SYLVESTRE.

Ie veux encor vn coup, ſi ie ne ſuis ſecret
Ne boire à l'auenir, ny vin blanc ny clairet.
O l'horrible ſerment ! i'en ay l'ame opilee.
Me garde d'vn tel mal la greſle & la gelee,
Apres auoir lâché ce moult grand iurément
Me refuſerez vous vn éclairciſſement ?

CLEANTHE.

Touchant ?

SYLVESTRE.

Choſe qui n'eſt d'autre que de vous ſçeuë,
D'où vient que vous feignez d'auoir perdu la veuë ?

Pourquoy depuis six mois faire croire en ces lieux
Que l'huile & le cotton ont manqué dans vos yeux ?

CLEANTHE.

Asseuré de ta foy comme de ton silence
Ie te veux honorer de cette confidence.
A peine le Soleil auoit produit vingt iours
Depuis que pour mon Roy i'eu quitté mes amours,
Quand vn de mes amis m'asseura dans l'armée
Que Melice viuoit à son accoustumée,
Et que pleine d'amour, & Thelame d'espoir,
Leur entretien duroit du matin iusqu'au soir,
Mesme que l'on craignoit, puis qu'il te faut tout dire,
Qu'il se passast entr'eux quelque chose de pire.
On éprouue iamais le sort rude à demy,
Deux ou trois iours après ie sceu d'vn autre amy
Que depuis mon depart mon fils chaque semaine
Visitoit la beauté qu'Amour a fait ma Reine,
Et qu'on soupçonnoit fort que dans son entretien
Il ne luy parlast moins de mon feu que du sien,
Ie restay si surpris d'entendre cette histoire,
Que quoy qu'on m'en iurast, ie n'en voulus rien croire.
Ma fille a trop de soin de garder son honneur,
Me disois-je à moy-mesme, & mon fils trop de cœur,
Ie les croiray, soumis à mon obeïssance,
Iusqu'à tant que mes yeux démentent ma croyance.

Toutesfois

Toutefois ma raison diſſipant ce ſommeil
Ie ſonge que l'amour eſt de mauuais conſeil,
Et regarde que ceux qui m'ont dépeint leur vie
Ont pour eux & pour moy plus d'amour que d'enuie.
Mais pour mieux penetrer dans cette obſcurité
Et diſtinguer le faux d'auec la verité,
Ie contrefaits l'Aueugle, on le croit dans l'Armee,
Ie paſſe ainſi par tout auec la Renommee,
Chacun plaint ma diſgrace, & l'ingrat Lidamas
S'il ne s'en montre triſte au moins n'en doute pas,
Deux mois coulent pendant que cette erreur ſe gliſſe,
Ie reuiens ſans qu'aucun ſçache mon artifice.
On accourt m'accueillir en ſe moüillant les yeux,
Ie ſuis Aueugle enfin, & ne vy iamais mieux.
Cher Sylueſtre, voila l'adreſſe ingenieuſe
Par qui la vaine ardeur de ma fille Amoureuſe,
Et les brutaux deſſeins d'vn fils laſche & peruers
Bien-toſt & ſans trauail me ſeront découuerts.

SYLVESTRE.

Ma foy ſi dans le monde on trouue vn plus fin homme,
Ie partiray demain pour l'aller dire à Rome.
Au Diable en ce meſtier vous feriez des deſſis.

CLEANTHE.

Silence, Olimpe vient auecque ce bon fils.

SCENE V.

LIDAMAS, OLIMPE,

CLEANTHE, SYLVESTRE.

LIDAMAS.

L'A part que prend Olimpe en voſtre ſort funeſte
L'ameine ici, Monſieur.

CLEANTHE.

Bonté rare & Celeſte.

OLIMPE.

Quiconque ſçait vos maux, & ne s'en peut fâcher,
Ne porte au lieu d'vn cœur dans le ſein qu'vn rocher,

CLEANTHE.

Et qui void ſans douleur voſtre triſte auanture
Tout de roche en effect, n'eſt homme qu'en figure,

OLIMPE.

Mais qui ne la void pas, n'a nulle occasion
D'estre atteint de douleur & de compassion.

CLEANTHE.

Vn semblable discours s'addresse à moy, Madame,
Mais sçachez que le corps n'agit point sur mon ame,
Et que si la clarté s'est esteinte en mes yeux
Il m'en reste en l'esprit qui m'éclaire bien mieux.
Autrefois mes regards admiroient ce visage,
Mais leurs traits auiourd'huy penetrent dauantage,
Ils ne s'arrestent plus à ce butin du temps,
Ils contemplent des biens meilleurs & plus constans,
Ils voyent les vertus dont vous estes pourueuë,
Et ma felicité consiste en cette veuë.

OLIMPE.

Vous sçauez donc, Monsieur, par quelle auersité
Mes attraits ont fait place à la difformité?

CLEANTHE.

Mon fils m'a raconté ce succez lamentable,
Mais faites-m'en vous-mesme vn recit veritable,

Peignez cet accident de ses viues couleurs,
Et que l'ayant oüy, ie sente vos douleurs.

OLIMPE.

I'estois à Bourges lors que par des feux de ioye
L'on celebroit les coups d'vn bras qui tout foudroye,
D'vn Prince glorieux dont les fameux exploits
Ont sceu ranger Dunkerque au pouuoir des François.
Ie me sentis saisir d'vn desir heroïque
D'applaudir & d'enfler l'allegresse publique,
Donc ie monte en carrosse, & par diuers retours
Ie voy Mars & Vulcain en tous les carrefours,
L'vn depite le Ciel, & fait trembler la terre
Par des bouches de fonte imitans le tonnerre
Il exale & vomit des flames parmy l'Air ;
Bref, d'vne belle Ville, il fait vn bel Enfer.
L'autre perçant des Airs les orageux espaces
Porte & loge le feu dans le seiour des glaces,
S'y met en serpenteaux, puis s'y transforme encor,
Tantost en fleurs de Lys, tantost en pluye d'or,
Mesme il estend son vol, iusqu'aux celestes toiles
D'où son orgueil tombant arrache les estoiles,
Ah! Ciel que ce qui suit est dur à raconter,
C'est r'appeller mon mal que de le reciter.

CLEANTHE.

De ce fascheux recit soyez donc dispensee,
Ne rendez point presente vne peine passee,
I'ay sceu de Lidamas en arriuant ici
Comment vn si beau iour vous a mal reüssi,
Il m'a dit que de l'Air la patience vsee
Fit dans vostre carosse entrer vne fusee,
Dont la chaude vapeur aydant à son dessein
Vous brusla le visage, & vous noircit le sein.

LIDAMAS bas à Olimpe.

Auoüez.

OLIMPE.

C'est ainsi qu'arriua ma disgrace,
Mais, ô Dieu! quand ie croy que ma douleur se passe
C'est alors que du sort le courroux renaissant
Me fait sentir vn mal plus aspre & plus pressant,
Monsieur, ie ne sçaurois plus long-temps me contrain-
   dre,
Souffrez que i'aille ailleurs soûspirer & me plaindre.

CLEANTHE

Allez, Madame, allez, en vous seule ie vis
Et ie vous vois encor de l'œil dont ie vous veis.
O d'vne honneste femme indigne effronterie !
O d'vn fils impudent insigne fourberie !
Allons, Syluestre, allons & donnons plaisamment
Vne fin qui réponde à ce commencement.

Fin du premier Acte.

ACTE II.

SCENE PREMIERE.

THELAME, MELICE.

THELAME.

MON espoir me trahit, & ma raison s'égare
D'esperer de flechir ce naturel auare,
Iamais de mon amour le respect sans égal
Ne touchera ce cœur de terre & de mesal,
Pour luy faire trouuer des ardeurs legitimes
Il luy faut apporter le Soleil des abismes.
Le bien est son objet, & ce riche indigent
Estime & pese vn homme au poids de son argent.
Ah! Madame, il le faut, mon mauuais sort l'ordonne,
Que i'aille supirer loing de vostre personne.
Vn puissant desespoir qui combat mon amour,
Me marque ailleurs vn long & funeste sejour.
Cessez de vous flater, l'auarice d'vn Pere
Ne s'abstiendra iamais de nous estre contraire.

Adieu, de voftre aueu felicitez mes pas.

MELICE.

Quoy me quitter ainfi ?

THELAME.

Quoy ne vous quitter pas ?

MELICE.

S'abfenter de ces lieux ?

THELAME.

On y hait ma prefence.

MELICE.

Mourir defefperé ?

THELAME.

Viure fans efperance.

MELICE.

Ne pas perfeuerer ?

THELAME.

Perfeuerer en vain.

MELICE.

MELICE.

Ah Thelame!

THELAME.

Ah Melice!

MELICE.

Ha charmant inhumain.
Si vous bruslez pour moy d'vn veritable zéle,
Si vous estes constant, genereux & fidelle,
Si dans mes interests vous prenez quelque part,
Si mes iours vous sont chers differez ce depart,
Le Temps de qui le cours renuerse toutes choses
Peut-estre changera nos espines en roses.
Demeurez, cher Thelame, ou pour le moins craignez,
Qu'vn autre ait par la force vn cœur où vous regnez,
Thelame songez-y, songez-y bien mon Ame,
En vn mot demeurez, ou ie meurs cher Thelame.

THELAME.

Puissamment esbranlé de vos ardents soupirs,
Mais mieux persuadé de mes bruslans desirs,
Madame, i'y consens, racourcissez mes chaisnes,
De vostre prisonnier rendez les courses vaines.
Deusse-je respirer sous des Astres plus durs
Blois encor quelque temps me tiendra dans ses murs.

D

SCENE II.

CLEANTHE, SYLVESTRE,
MELICE, THELAME.

CLEANTHE.

Yluestre acquitte-toy du rôle que tu ioües.

SYLVESTRE.

Si i'y manque d'vn mot, couurez-moy les deux ioüé.

THELAME.

Cleanthe arriue ici, Madame il m'a surpris,
Son valet luy dira.

MELICE.

R'asurez-vos esprits,
Vous n'auez seulement qu'à garder le silence,
Ce valet à sa part dans nostre confidence,
Mon frere l'a si bien pratiqué sur ce poinct
Que s'il void quelque chose, il ne parlera poins.

CLEANTHE.

Estes-vous seule ici Melice?

MELICE.

I'y suis seule.

Amy......

SYLVESTRE.

Ne craignez rien, i'auray fort bonne gueule.

CLEANTHE.

La rencontre s'accorde auecques mon souhait,
Ie viens pour vous parler d'vn seruiteur parfait
Qui tient emprisonné beaucoup d'or dans ses coffres,
Et qui rempli d'Amour vous addresse ses offres,
C'est Rustique l'Aisnay fils du vieux Parmenon.

MELICE.

Quoy ce noble d'vn iour, grossier iusqu'à son nom?
Ah! de grace, Monsieur, aymez plus vostre fille,
Sçachez mieux maintenir vostre illustre famille,
Ce seroit en tirer l'éclat dans le tombeau,
Vn peu de vilain sang tache & gaste le beau.

CLEANTHE.

Allez, fille indiscrette & desobeïssante,
Le soin de voftre honneur n'eft pas ce qui vous tente,
Vn Demon moins fplendide eft voftre poffeffeur,
Thelame vous gouuerne auec plus de douceur :
Mais fi vous ne fortez de ce defert Empire,
Mon courroux deuiendra quelque chofe de pire,
Ie vous en aduertis.

THELAME bas.

Amant infortuné !

MELICE.

Ie ne fçaurois reprendre vn cœur que i'ay donné.

CLEANTHE.

Ah ! c'eft trop .....

SYLVESTRE.

Hé, Monfieur, ô vous fon pere vnique,
Car la defuncte eftoit, à ce qu'on croit, pudique,
Vous fon vray genitenr, auez-vous entrepris
De faire plus que Dieu, de forcer les efprits ?
Laiffez aller Madame où fon amour l'appelle,
Celuy qu'elle cherit n'eft-il pas digne d'elle ?

Sa flamberge l'a mis au nombre des plus preux,
Il a l'esprit fort bon, & le corps vigoureux,
Sa bonne mine enfin & sa naissance libre.
Mettent auec vos biens Thelame en equilibre.

CLEANTHE.

Impertinent valet, qui t'oses ingerer
De me donner conseil & de me censurer,
Tu seras satisfait de ta belle harangue,
Ie vais ou t'estrangler, ou t'arracher la langue,
Temeraire, indiscret.

Il prend
Thelame.

MELICE bas.

Syluestre, iustes Cieux
Songe à tirer mon cœur des mains d'vn furieux.

SYLVESTRE.

Ha ah! ie n'en puis plus.

CLEANTHE.

Insolent pédagogue!

SYLVESTRE.

Vous m'auez fait les yeux plus gros que ceux d'vn
dogue.

THELAME à l'escart.

Ie ne sçaurois souffrir ce honteux traitement.

MELICE.

Contraignez-vous pour moy, cher & fidelle Amant.

CLEANTHE.

Apprends à l'auenir, valet maussade & traistre,
A ne te plus mesler de censurer ton maistre,
Et vous fille rebelle à tout ce que ie veux
Pour vn nouuel Amant ayez de nouueaux feux,
Esteignez pour iamais vostre ancienne flame,
Et receuez des loix d'vn autre que Thelame.

MELICE.

Pour me faire subir vostre iniuste rigueur,
Faites, pere cruel, que i'aye vn autre cœur.

CLEANTHE.

C'en est trop endurer, ma patience eschape.

SYLVESTRE.

Allez, sortez, fuyez, drillez qu'il ne vous frape.

CLEANTHE.

Ie ne sçay si ie doy nommer sa passion
Ou du nom de constance, ou d'obstination,
Mais soit-elle constante, où soit-elle obstinée,
Ma seule volonté fera son hymenee.
Au reste tu m'as pleu dans ta naïueté,
Tu t'és de ton deuoir dignement acquitté,
Si tu poursuis tousiours t'augmenteray tes gages.

SYLVESTRE.

Ie sçay friser la corde en de tels personnages.
Assurez-vous de moy, ie paye à temps prefix,
Et dans l'art de fourber Syluestre est vn phœnix.

CLEANTHE.

Conduis moi vers Olimpe, & m'y fay reconaitre
Qu'aux experts en cet Art tu seruirois de maistre.
Tu sçauras en allant de mes ordres exprés
Comment il faut mener mes intrigues secrets,
Ie t'instruiray du temps où ta naïue addresse
Pourra si tu le veux répondre à ta promesse.

****

SCENE III.

OLIMPE, LIDAMAS, NERINE.

LIDAMAS.

Aiſſons l'aller, Madame, & nous entretenons
De l'intrigue Amoureux que nous entreprenons.

OLIMPE.

L'eſpoir eſt mal fondé que ſouſtient vne ruſe,
Plus ie penſe à la voſtre, & plus ie ſuis confuſe,
Elle eſt bien inuentée & ſatisfait d'abord,
Mais i'en preuoy la fin que i'apprehende, fort,
Ie crains que ce brouillas ne fonde ſur nos teſtes,
Et que ſemant du vent nous cueillions des tempeſtes.

LIDAMAS.

Deliurez voſtre eſprit de ces fâcheux Accez,
Vn bon commencement attire vn bon ſuccez.

*L'inge

L'ingenieuſe erreur où i'entretiens mon pere
Chaque iour eſteindra ſon feu s'il perſeuere,
Vn prompt & vray degouſt naîtra de cet abus,
L'amour dure fort peu quand ſon objet n'eſt plus,
Vos yeux qu'il croit priuez de leur premiere amorce,
N'agiront plus ſur luy qu'auecques peu de force
Il croira iuſtement ceſſer de vous aimer,
Ne trouuant plus en vous ce qui pût l'enflamer,
Ainſi ſa paſſion n'ayant rien qui la tienne,
Deſlogeant de chez vous fera place à la mienne,
Mais pour conduire tout au gré de mes deſirs,
S'il ſoupire d'amour reiettez ſes ſoupirs,
Et dites que vos maux qui s'augmentent ſans ceſſe
Abhorrent les ſoupirs, s'ils ne ſont de triſteſſe.
Au reſte ſi iamais ſon feu contraire au mien
Vouloit vous engager dans vn long entretien,
Et que mon intereſt vous regarde & vous touche,
Rompez ſon entreprise & luy fermez la bouche,
Ie mourrois autrements d'vne ialouze peur,
L'oreille trop ouuerte eſt vn paſſage au cœur,
Le voici, témoignez dedans cette occurrence,
Que tout autre que moy vous nuit par ſa preſence,
Deffaites-vous bien-toſt d'vn inciuil Amant
Qui vous entretiendra ſans vous voir ſeulement.

OLIMPE.

Mais si cet importun, quoy que ie puisse dire,
S'obstine à me compter son amoureux martire,
Quel sera le moyen de m'en débarasser ?

LIDAMAS.

N'en prenez pas le soin, c'est à moy d'y penser.
Nerine dont la voix imite tant la vostre,
Qu'à vous oüir parler on prend l'vne pour l'autre,
Me fournit vn moyen facile & non commun
Pour esloigner de vous cet Amant importun.

SCENE IV.

CLEANTHE, SYLVESTRE, OLIMPE, LIDAMAS, NERINE.

SYLVESTRE.

ON trouue en bien cherchãt, la chose est bien certaine
Ne fust-ce qu'vn ciron égaré dans la plaine,

Si celle dont l'absence accroist vostre souci
N'est pas dedans sa chambre, on la rencontre ici.

CLEANTHE.

Madame....

SYLVESTRE.

Attendez donc que vous soyez vers elle,
Vous ressemblez les chiens de chez Iean de Niuelle,
Vous abbayez de loing. Auancez, Alte-là.
Tournez-vous autrement, parlez, vous y voila.

CLEANTHE.

Quelque torrent d'ennuis qui roule dans mon ame
I'entends tousiours parler mon deuoir & ma flame,
L'vn & l'autre m'ont dict que ie vinsse en ce lieu,
I'y suis venu, Madame, accompagné d'vn Dieu,
Amour qui dans mon cœur en souuerain preside
M'a conduit par la main & m'a serui de guide,
Luy seul iusques à vous a pris soin de mes pas
Heureux en mon malheur s'il ne me quite pas.
Mais plus heureux encor si le flambeau qu'il porte
Vous faisoit voir combien ma passion est forte,
Et si les traits ardents qui partent de sa main
En vous frapant au cœur, vous enflammoient le sein.

OLIMPE.

Monsieur, si l'amour propre, ou si la vaine gloire
Me rendoit orgueilleuse & facile à tout croire,
Je pourrois receuoir vn pareil compliment
Pour le sincere aueu d'vn veritable Amant.
Mais..

CLEANTHE.

Tout beau, ce mais me tiendroit lieu d'injure,
Ie hay la flatterie, & ie fuy l'imposture,
Vous ne deuez iamais conceuoir le soupçon
Que ma bouche & mon cœur parlent d'autre façon.

LIDAMAS à l'escart.

Desja cet entretien me déplaist & me lasse.

SYLVESTRE.

Tandis qu'ils iaseront, causons nous deux de grace.

OLIMPE.

Quoy, vous arresteriez vos Amoureux projets
Au plus deffiguré d'entre tous les objets?
Quoy vous pourriez encor adorer vn visage
De qui le seul aspect effraye & décourage,
Non, non, vous auez trop de cœur & de raison;

Vous ne sçauriez souffrir qu'vne belle prison,
Lors qu'vn peu d'embonpoint, & quelque attrait
  passable,
Aux yeux qui me voyoient me rendoit supportable,
Ie veux m'imaginer que par fois des soupirs
Formez dans vostre cœur m'addressoient vos desirs,
Mais depuis le moment qu'vn accident funeste,
Effaça ce crayon de la beauté celeste,
Depuis que i'eus perdu ces traits de majesté
Qu'imprima sur mon front la premiere beauté,
Ie ne sçaurois souffrir l'opinion trompeuse,
Qu'on brusle encor pour moy d'vne flame amoureuse,
Tout homme m'en feroit des sermens superflus,
L'on sort bien-tost d'vn temple où les Dieux ne sont
  plus.

CLEANTHE.

Vous vous figurez donc qu'vne vaine peinture,
Qu'vn foible & simple trait du pinçeau de nature,
Qu'vn amas concerté d'agreables couleurs,
Qui redoute l'abord du froid & des chaleurs,
Que des regards lascifs confondent d'ordinaire,
Et qu'efface tousiours la crainte & la colere,
Enfin qu'vne inconstante & legere beauté
Iusqu'icy dans vos fers ait mon cœur arresté,
Ie pourrois deuenir à ce compte idolatre
D'vne image de pierre, ou de toile, ou de plastre,

Oüy ſi ie m'attachois à ces friuoles traits ;
Les femmes me plairoient bien moins que leurs por-
    traits.
Ah ! ne croyez donc pas que ſur ces apparences
Mon inclination fonde ſes eſperances ,
Je peſe les vertus , & ces ſacrez, treſors
Me plaiſent plus cent fois que les charmes du corps.

LIDAMAS bas.

Il fait leuer
Olimpe &
ſeoir Neri-
ne en ſa pla-
ce.

Ce compliment trop long vſe ma patience.

NERINE.

Vous me faites rougir par trop de complaiſance,
Fiſt le Ciel que vos yeux auſſi bons qu'autrefois.

CLEANTHE.

Madame, c'eſt aſſez, croyez que ie vous vois ,
Ma memoire entretient & reuere l'image
Et de voſtre merite & de voſtre viſage,
De tout ce qu'en naiſſant les Cieux mirent en vous
De diuin , de charmant , d'agreable & de doux ,
J'en ſuis encor épris , i'en ay l'ame enflamee ,
De pas vn des mortels vous n'eſtes tant aimee ,
C'eſt peu de le montrer par des ſoins complaiſans ,
Je vous en veux donner pour preuue des preſens ,
C'eſt à quoy ie m'oblige , & dont ie ſeray quite

Si vous me permettez encor vne visite.

LIDAMAS à Olimpe.

Il croit parler à vous, le pauure aueugle en tient,

NERINE.

Monsieur vous m'honorez plus qu'il ne m'appartiët,
Reseruez vos presens pour de plus belles Dames,
Ie ne merite pas ny vos dons ny vos flames,
Et ie puis assurer que si vous me voyez
Vous plaindriez vos presens s'ils m'estoient enuoyez.

CLEANTHE.

Madame, ce discours est vn refus honneste,
Mais encor vne fois ie vous fais ma requeste,
Agreez que tantost ie vous reuienne voir,
Et que vous reuoyant ie fasse mon deuoir.
Enfin si vous m'aimez, que vostre amour se montre,
En daignant accepter de ma main vne montre,
Que de ce bien encor ie vous sois obligé,
Promettez-le, Madame, & puis ie prends congé.

LIDAMAS bas.

Nerine promets-luy d'accepter pour luy plaire.

NERINE.

Monsieur tout mon desir tend à vous satisfaire,
S'il vous plaist de m'offrir vn present auiourd'huy,
Ayant vn cœur pour vous, i'auray des mains pour luy.

CLEANTHE.

Que mon bon-heur est grand! ce discours me confirme
Qu'Olimpe considere encor Cleanthe infirme.
Adieu, Madame, adieu, vous m'auez satisfait,
Syluestre allons.

SYLVESTRE.

Oüy, maistre, en vn pas c'en est fait,
Vous son vnique fils, mon zele vous exhorté
De venir auec moy, parce qu'il vous importe.

OLIMPE.

Suiuez-le, Lidamas, quelquefois ses pareils
A de plus sages qu'eux donnent de bons conseils,

SCENE

SCENE V.

OLIMPE, NERINE.

NERINE.

Aintenant que ie puis m'exprimer sans côtrainte,
Permetez que mon cœur se montre à vous sans
   crainte,
Madame, voulez-vous acquerir vn renom
Qui terniffe à iamais l'éclat de voftre nom ?
Voulez-vous, negligeant l'amitié de Cleanthe ,
Qu'on die à l'auenir, Olimpe eft inconftante,
Sa paßion luy pleut auant fon mauuais fort ,
Et l'œil fec maintenant , elle le verroit mort.
Ah! Madame, éuitez ce reproche fenfible ,
Laiffez-vous furmonter à fa flame inuincible ,
Malgré les faux rapports que l'on luy fait de vous ;
Sa plus ardente enuie eft d'eftre voftre efpoux ,
Ce conftant feruiteur vous aime en toute forme,
Heureufe infortunee, agreable ou difforme,
Reconaiffez, Madame, vn zele fi parfait ,
Et dans vos premiers feux perfiftez comme il fait.

                       E

OLIMPE.

Nerine, ce difcours eft de mauuaife grace,
Tu me prefcris à tort ce qu'il faut que ie faffe,
Ie conais mon deuoir, ie fçay m'en acquitter,
Sans te donner le foin de m'en folliciter.
Cleanthe, ie l'auoüe, a regné dans mon ame,
Mais en l'eftat qu'il eft, merite-t'il ma flame,
Certes fi ie pouuois l'eftimer auiourd'huy
Ie me declarerois plus aueugle que luy.

Fin du fecond Acte.

ACTE III.

SCENE PREMIERE.

MELICE, LVCILLE.

LVCILLE.

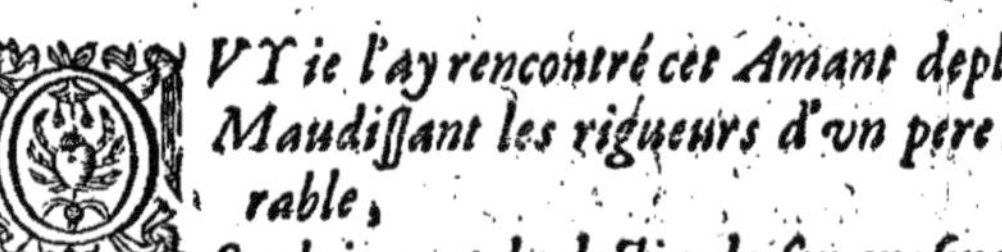

VY ie l'ay rencontré cet Amant deplorable
Maudiſſant les rigueurs d'vn pere inexo-
    rable,
Se plaignant du deſtin, de ſoy-meſme & de
    vous,
Et comme vn furieux ſe meurtriſſant de coups.
Lucille, m'a-t'il dit, auſſi-toſt qu'il m'a veuë,
C'en eſt fait, ie me rends, ma conſtance eſt vaincuë,
Ie ne puis plus lutter contre mon mauuais ſort,
Il triomphe, & l'eſpoir qui me reſte eſt la mort:
Va-t'en, aiouſte-t'il, trouuer hors de Thelame
Son cœur & ſes deſirs, ſes penſers & ſon ame,

E ij

J'entends le digne objet qui me tient dans ses fers,
Que ie vois à toute heure, & pourtant que ie pers,
Ce superbe Démon qui poursuit les offences,
Qui suggere & qui prend de sanglantes vengeances,
L'honneur, esprit mouuant de tout cœur noble & prōpt,
Me crie incessamment, vange-toy d'vn affront.
Son empressante vois & m'émeut & me pique,
Mais afin d'éuiter vn accident Tragique,
Ie veux dés auiourd'huy m'absenter de ces lieux,
Auertis-en Melice, & luy fay mes adieux.
Ces tristes mots finis, le cœur plein de tristesse,
Et l'œil noyé de pleurs, il s'enfuit & me laisse.

MELICE.

Lucille à ce surcroist de malheurs sans esgaux,
Laisse-moy chercher seule vn remede à mes maux,
Souffre que sans secours ie combatte ma peine.
Cependant attends-moy dans la chambre prochaine.

SCENE II.

MELICE seule.

L'Esprit enuelopé d'vn nuage d'ennuis
Ie m'égare en moy-mesme, & ne sçais où ie suis,
Mon destin rigoureux m'a mis dans vne route
Où de tous les costeZ ma raison ne void goute,
Ou si mon iugement y trouue quelque iour,
Ine m'est enuoyé que du flambeau d'Amour.
Thelame possedé d'vne cruelle enuie
Eut aller loing d'ici finir sa triste vie,
Il veut loing de ces lieux transporter ses malheurs,
Mais allons soulager ses larmes par nos pleurs
Dans quelque affreux desert où la douleur le meine,
Faisant mesme chemin endurons mesme peine,
Car mon amour enfin troublant mon iugement
Me force à consentir à mon enleuement,
Au lieu de m'opposer à cette violence,
Ie la souffre & luy cede auecques complaisance,
Ie me laisse emporter au cours de ce torrent,
Et Thelame excepté tout m'est indifferent.
Oüy, Thelame, vous seul regneZ dans ma pensee,
Pour vostre interest seul, ie suis intereßee,
Et si vous en vouleZ vn indice certain
Vous alleZ voir mon cœur dans les traits de ma main.

Lasse de supporter l'incurable caprice
D'vn esprit infecté d'vne sale auarice,
Ie vay par vn escrit exciter vostre amour
A m'enleuer bien-tost de ce fâcheux seiour,
Ie faciliteray cette grande entreprise
Auecque la prudence & l'addresse requise,
Ce papier où ie vais escrire mon dessein
Vous dira plus au long ce que i'ay dans le sein.
*   Mais déplaisant abord, arriuee importune,*
Lasche tour que me ioüe encore la fortune,
A peine ay-ie assemblé les lettres de deux mots
Qu'il faut quitter la plume & changer de propos.
Toutefois ie m'abuse, il n'est pas necessaire,
Ie crains hors de saison ce valet & mon pere,
Qu'importe que tous deux dressent vers moy leurs pas,
Puisque l'vn ne peut lire, & l'autre ne void pas.

SCENE III.

CLEANTHE, MELICE, SYLVESTRE.

SYLVESTRE bas.

*E**lle est seule; Monsieur, le temps vous est propice*

CLEANTHE.

Trouueray-je à present ma fille dans Melice ?
Ne ferme-t'elle plus l'oreille à son deuoir ?
Reconaist-t'elle enfin mon absolu pouuoir ?

MELICE bas.

En cette occasion recourons à la feinte.
*   Ah ! Monsieur, aioustez la vengeance à la plainte,*
Vsez des droicts d'vn pere, & me faites sentir
Que ie m'excuse mal auec vn repentir,
Ma desobeissance est de telle nature
Qu'on ne peut m'imposer vne peine assez dure,
I'ay trop insolemment choqué vos volontez,
Montrez-moy vos rigueurs, cachez moy vos bontez,
Ie dois estre de vous seuerement punie
D'auoir de Lidamas souffert la tyrannie,
Cette indigne souffrance est vne lâcheté
Qui ne se doit toucher que d'vn bras irrité.

CLEANTHE.

Ma fille vn repentir si grand & si visible
Aux transports de courroux me rend inaccessible,
Ie ne vous demandois que ce iuste dédain
D'vn infertile amour conceu sans mon dessein,

Ie preiugeois touſiours malgré vos reſiſtances,
Que Thelame formoit de vaines eſperances,
Et que voulant auoir de plus riches liens
Son merite en oubly, vous ſongeriez aux biens.
Le ſuccez eſt d'accord auec mon attente,
Ce noble incommodé n'a plus rien qui vous tente,
Vous ne deſirez plus d'en faire voſtre eſpoux,
Ses talens ne ſont pas de bon alloy pour nous,
Sa taille, ſa parole, & ſon maintien aimable,
S'ils rempliſſoient le lict, couuriroient mal la table.
Celuy que ie deſtine à vos pudiques vœux,
A d'autre or que celuy qui iaunit les cheueux,
Son pere tous les iours malgré nos longues guerres
A cent coutres tranchants fait déchirer ſes terres,
Que s'il n'eſt pas iſſu d'Ayeux fort renommez,
Il tient dans ſon buffet des Nobles enfermez,
Au Temps où nous viuons ces qualitez ſont rares
Et doiuent adoucir les cœurs les plus barbares,
Le voſtre pourroit-il encor deliberer
De s'y laiſſer fléchir, & de les adorer ?

MELICE.

Sans regarder les biens, le rang ny la perſonne,
Ie reçois vn époux que mon pere me donne,
S'il l'eſtime il me plaiſt, & d'vn eſprit ſoumis
Ie l'ayme dés cette heure autant qu'il en eſt permis.

CLEAN.

CLEANTHE.

C'eſt ainſi que répond vne fille bien née,
Allez, ie vous prédis vn heureux hymenée,
Acceptant vn eſpoux de ma main ſeulement,
Le pire de vos iours coulera doucement,
Que le vieux Parmenon aura de ioye en l'ame
Auſſi-toſt qu'il ſçaura que ſon fils vous enflame,
Et que le Ciel propice aux vœux que nous faiſons
D'vn ſacré nœud d'hymen vnira nos maiſons,
Il luy faut ſans demeure addreſſer vne lettre
Qui l'aſſure d'vn bien qu'il n'oſoit ſe promettre,
Prenez viſte la plume, & couchez par eſcrit
Vne ſuite de mots qui me vient dans l'eſprit.

MELICE bas.

Seruons-nous de ce temps, afin d'acheuer celle
Que ie veux enuoyer à mon Amant fidelle.

CLEANTHE.

Mettez, Monſieur ſçachez que ma fille veut bien.

MELICE.

Attendez, s'il vous plaiſt, ma plume ne vaut rien.
Elle ne marque pas, ie n'eſcris rien qui vaille,
Si ie m'en veux ſeruir il faut que ie la taille.

SYLVESTRE.

Attendant qu'elle soit plus commode à sa main,
Confabulons nous deux touchant vn mien dessein.

CLEANTHE.

Quel secret important as-tu donc à m'apprendre ?

SYLVESTRE.

Que depuis ce matin i'enrage de me pendre.

CLEANTHE.

De te perdre meschant, n'és-tu pas yure ou fou ?

SYLVESTRE.

I'en ay ietté la pierre & lancé le caillou,
Sur ce poinct desormais ma volonté s'obstine,
Je veux estre pendu, mais au cou de Nerine,
Ce gibet me plaist tant, ie le dis sans peché,
Que ie seray rauy de m'y voir attaché.
Me contredireZ-vous en ce que ie propose ?

CLEANTHE.

Syluestre de ma part espere toute chose.
Mais sçachons si Melice a mis sa plume au poinct
De peindre ma pensee, & de ne brouiller point.

MELICE.

Mon canif tranche mal, & iufqu'icy ma peine
A la rendre meilleure eft inutile & vaine.
Ie m'en vais effayer pour la derniere fois
A la mettre en eftat d'obeïr à mes doigts.

CLEANTHE.

Tellement que Nerine a raui ta franchife?

SYLVESTRE.

Oüy, fes regards filoux d'autourd'huy me l'ont prife,
Mais fi voftre credit fe ioint à mes efforts
I'auray bien-toft fur elle vne prife de corps.

MELICE bas.

Ces lignes fuffiront, finiffons la prefente
Par voftre tres-acquife & tres-fidelle Amante.

CLEANTHE.

N'eft-ce pas fait Melice? ah Ciel quelle longueur.

MELICE.

Oüy, Mõfieur, mon pinceau fe trouue vn peu meilleur,
J'efpere d'en former quelque bon caractere
Qui maintiendra l'honneur de la fille & du pere.
Dictez.

CLEANTHE dicte.

Lettre.

Monsieur, sçachez que ma fille veut bien
Qu'vn celebre hymenée à voſtre fils l'vniſſe,
Qu'il vienne promptement, & n'apprehende rien,
Comme il plaiſt à Cleanthe, il agree à Melice.

Il ſuffit de ces mots, pliez, & le deſſus
Soit au vieux Parmenon, prez de Tours, & rien plus,
Bon Dieu que vous ſerez heureuſe auec cet homme,
On dort ſur de l'Argent d'vn agreable ſomme,
Le duuet le plus mol n'a rien de doux au prix,
Le bien eſt le repos des corps & des eſprits
Mais cachetez le mot que vous venez d'eſcrire.

MELICE.

Monſieur ie ne ſçaurois, n'ayant ny feu ny cire.

CLEANTHE.

Va querir vn flambeau, mon fidelle valet.
Vous prenez cette clef, ouurez mon cabinet,
Sans qu'il ſoit de beſoin que ie vous accompagne,
Vous y rencontrerez de la cire d'Eſpagne.

L'impudente ſe trompe en me penſant tromper,
I'ay leué par deux fois la main pour la frapper.

Mais voulant éprouuer sa fourbe, toute entiere
I'ay retenu mon bras & contraint ma colere,
Sans que les siens se soient deffiez de mes yeux.
I'ay veu de son écrit les traits pernicieux,
Lors qu'elle me croyoit repaistre d'impostures
Ie lisois mot à mot ses folles escritures,
I'en sçay le contenu, mais pour les détester
Ie veux bien estant seul tout haut le reciter.
Pour le vieux Parmenon, cette fille insensee
A suiuy son caprice, & non pas ma pensee.

Lettre.

Monsieur ce mot d'escrit est pour vous auertir,
Que vostre fils n'est pas vn party pour ma fille,
Tout mon sang se reuolte, & ne peut consentir
Qu'vne goute du vostre entre dans ma famille.

CLEANTHE.

Apres auoir leu.

La perfide! ô Ciel qu'auroit-ce esté
Si i'eusse eu tant soit peu plus de credulité?
Cette autre est de sa part addressee à Thelame
Voyons les beaux projets que forme cette infame.

La perfide! ô Ciel qu'auroit-ce esté

Lettre.

Seul & doux espoir de mes yeux
Puis que le desespoir vous bannit de ces lieux,

G iij

Apprenez que ie vous veux suiure;
Meditez mon enleuement,
Comme sans vous ie ne puis viure
I'y souscris volontairement.

Melice, voftre acquife & tres-fidelle Amante.

CLEANTHE ayant leu.

Ie rendray sans effect cette enuie insolente,
Mais la voicy qui vient, remettons ces escrits
A l'endroit qu'ils estoient lors que ie les ay pris,
Et comme auparauant contrefaisant l'infirme
Que sa fourbe à nos yeux iusqu'au bout se confirme.

MELICE.

I'apporte de la cire,

SYLVESTRE.

Et Syluestre vn flambeau.

CLEANTHE

Donnez à cette lettre vn ply iuste & nouueau,
Et puis de mon cachet imprimant la figure,
Contre les curieux armez cette escriture,
Que ie doy rendre au Ciel de graces & de vœux
De vous trouuer si soupple à tout ce que ie veux!

MELICE.

La pieté m'oblige, & le Ciel me conuie
D'obeïr à celuy duquel ie tiens la vie,
Tousiours de vos desirs ie hasteray l'effect
Auec tout le plaisir & le soing que i'ay fait,
Receuez voftre lettre.

CLEANTHE.

O fille obeissante,
Qu'vn semblable propos me plaist & me contente,
Allez, ie n'ay pour l'heure aucun besoin de vous.

MELICE à l'escart.

Forçons noftre deftin à deuenir plus doux,
Lucille m'a promis son silence & sa peine,
Allons la retrouuer dans la chambre prochaine,
Et d'vn pas aussi prompt que mon commandement,
Enuoyons-la porter ce mot à mon Amant.

SCENE IV.

CLEANTHE, SYLVESTRE.

SYLVESTRE.

ET puis fiez-vous-y, parbieu ce sexe est drôle,
Il a la ruse en main ainsi que la parole,
Monsieur songez à vous, Melice a du dessein.

CLEANTHE.

Il m'est conu, Syluestre, & ie le rendray vain:
Parlons de Lidamas, esperes-tu qu'il vienne ?

SYLVESTRE.

S'il ne vient pas, il faut que le Diable le tienne,
Mais il ne le tient pas, ie l'apperçoy qui vient,
Comportons-nous tous deux, ainsi qu'il appartient.

SCENE V.

LIDAMAS, CLEANTHE, SYLVESTRE,

CLEANTHE assis, vers la table.

PRéparons le présent que i'ay promis de faire
Au Soleil animé qui m'échauffe & m'éclaire,
Et qui malgré la nuit de mon aueuglement
Eslance ses rayons dans mon entendement,
Ie ne pouuois d'vn don plus seant ny modeste
Honnorer vn visage autrefois tout celeste.
Par beaucoup de rapports, vne montre est vn Ciel.
Reglé dedans son cours, bien qu'artificiel,
Plus benin que ce globe où sont cloüez les Astres,
Sans y contribuer il marque nos desastres,
Et si comme ce corps il ne fait pas le Temps
Il en marque du moins l'espace & les instans.

SYLVESTRE à Lidamas.

Ne soyez pas craintif dedans cette rencontre,
L'occasion vous rit, escamottez la montre.

H

CLEANTHE.

Syluestre, approche, escoute, est-il heure d'aller
Vers les yeux que i'adore & paraître & brusler.

LIDAMAS bas.

Vsons en ce moment de l'auis de Syluestre.

SYLVESTRE.

Monsieur voftre raison eft fans doute en sequeftre,
A quoy bon dites-moy de faire des préfens
A des attraits paffez, à des masques préfens ?

CLEANTHE frappant Lidamas.

Reçoy, mauuais cenfeur, homme plein d'infolence
D'vn plus grand chaftiment vn foufflet par auance,
Olimpe pour ta veuë eft vn objet trop haut,
Ce qu'elle a d'accomply te paroift vn defaut.

LIDAMAS.

Ie n'ofe dire mot, cher Syluestre de grace
Tefmoigne du defpit, & te plains en ma place.

CLEANTHE.

Si iamais....

SYLVESTRE.

Si iamais ie suis vostre valet
Que l'on m'estrille en asne, en cheual, en mulet,
Que le plus froid des Vents sans cesse au nez me souffle,
Qu'on me prenne par tout pour sot & pour marouffle,
Vostre bras à fraper n'eut iamais de pareil,
Quoy? sans vous informer si l'on craint le Soleil
Et si l'on ayme moins le temps clair que le sombre,
Vostre main met ainsi les visages à l'ombre,
Sans trancher du sçauant, ny sans passer pour sol
Ie puis d'oresnauant la nommer parasol.

CLEANTHE.

Ces façons de parler bouffonnes & fantasques
T'attireront encor....

SYLVESTRE.

Quoy? d'autres demy marques.

LIDAMAS.

Pendant leur different qui flatte mon desir
Pour la seconde fois tâchons à reüssir.

H ij

SYLVESTRE.

Adieu, ie ne veux plus conduire qui m'outrage ,
Il vous faut vn valet qui n'ait point de visage.

CLEANTHE.

Syluestre qu'est-cecy, veux-tu m'abandonner ?

SYLVESTRE.

Oüy, ie ne fus iamais enclin à pardonner.

CLEANTHE.

Voy ma condition, & regarde la tienne.

LIDAMAS.

Enfin i'ay pris sa montre, & supposé la mienne,
Allons trouuer Olimpe, & faisons auiourd'huy
Vn commerce amoureux des richesses d'autruy.

SCENE VI.

CLEANTHE, SYLVESTRE.

SYLVESTRE.

MOnsieur il est sorty, la feinte est superfluë,
En se pensant brancher ce bel oyseau s'engluë.

CLEANTHE.

Parmy les mouuemens dont ie me sens toucher,
Je ne sçay si ie dois ou rire ou me fascher,
Qu'en ce siecle de fer où le vice prospere
L'on trouue peu d'enfans qui respectent leur pere ;
Et que i'espreuue bien en ma iuste douleur
Que n'en auoir iamais est vn heureux malheur.
 Syluestre poursuiuons l'intrigue de la montre,
Prouue encor ton esprit dedans cette rencontre,
Ne te relâche point.

H iij

SYLVESTRE.

Par Nerine & ses yeux
Ie me comporteray tousiours de bien en mieux.

Fin du troisiesme Acte.

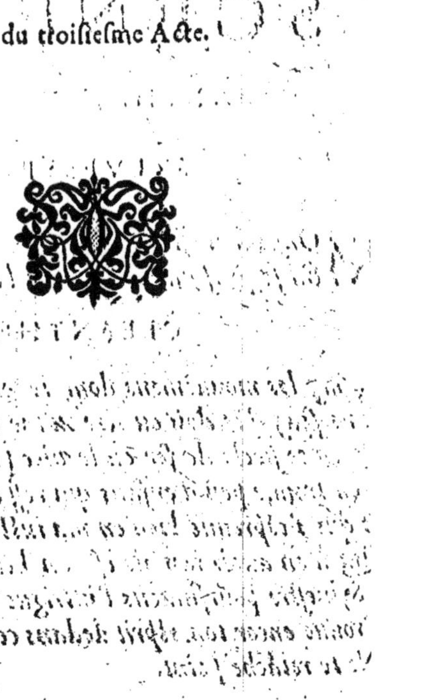

ACTE IV.

SCENE PREMIERE.

LIDAMAS, OLIMPE

LIDAMAS.

ON cœur refuse-t'il ce que ma main luy
    donne ?
Qui neglige mes dons, dédaigne ma per-
    sonne,
Rejetter vn present, c'est le visible effet
Du degoust que l'on a de celuy qui le fait.

OLIMPE.

Pour guerir vostre esprit d'vne telle croyance,
Je peche expressement contre la bienseance,
Le refus des presents est de nostre deuoir,
Mais qui donne son cœur peut bien tout receuoir.

LIDAMAS.

Cette montre est, Madame, vne montre commune,
Ie ne croy pas pourtant que mon pere en ait vne.

OLIMPE.

Il vient, n'acheuez pas.

LIDAMAS.

O Ciel qu'il me déplaist,
Iamais homme ne fut plus importun qu'il l'est.

SCENE II.

CLEANTHE, SYLVESTRE, OLIMPE,
LIDAMAS, NERINE.

CLEANTHE.

Pres que i'ay promis ma memoire me presse
De faire succeder l'effet à ma promesse,
C'est le premier motif qui me conduit icy,
L'autre est d'y soupirer mon amoureux soucy.

OLIMPE.

OLIMPE.

Monsieur épargnez-moy, quoy mes beautez péries
Meriteroient vos dons, feroient vos resueries ?
Tant de présomption ne me possede pas,
L'on ne peut beaucoup plaire auec si peu d'appas.

CLEANTHE.

Ah que vous vous donnez, & me causez de peine,
Sur moy plus que iamais vous estes souueraine,
Ce que iamais vos yeux eurent de rauissant,
Ce qu'ils eurent de doux, de noble & de puissant,
Tout ce qu'Amour peignit sur vostre front d'yuoire,
Au moment que ie parle est peint dans ma memoire,
Ie vous en apprendrois & l'empire & les coups
Si mes discours n'estoient écoutez que de vous.

OLIMPE.

Personne n'est icy que Syluestre & Nerine.

CLEANTHE.

Qu'ils s'en aillent tous deux dans la chäbre prochaine,
Madame faites-en vn prompt commandement.

OLIMPE.

Sortez.

I

SYLVESTRE.

Que ie te vay cajoler diablement.

CLEANTHE.

Madame, ie difois que tous les auantages
Que vous euftes iamais fur les plus beaux vifages,
Que ces charmes diuins dont ie fus afferuy
Viuent dans mon idée, & que i'en fuis rauy,
Encor que mon tourment furpaffe toute chofe
I'en deuiens idolaftre ainfi que de fa caufe,
Et fouhaite qu'hymen nous arrefte tous deux
Dans des liens tiffus d'indiffolubles nœuds.
Si ie n'auance rien dont vous foyez fafchée,
Si mes foupirs ardents vous ont vn peu touchée,
Et fi vous defirez de m'en rendre certain
Que ce foit en prenant ce prefent de ma main.

OLIMPE.

Qu'eft-il dedans l'honneur que pour vous ie ne faffe?
Ie le reçoy, Monfieur, & ie vous en rends grace,

CLEANTHE.

Ainfi vous m'obligez beaucoup plus mille fois
Que fi vous foumettiez tout le monde à mes loiss,
Ie tiens cete faueur & glorieufe & chere,

Que ie baise la main qui me la vient de faire.

OLIMPE.

Hé! Monsieur.

CLEANTHE.

Quels transports? ô Ciel ie n'en puis plus.
Encor vn peu de temps, & i'expire dessus.
Chaste albastre animé, belle main que ie touche,
Tu peux prendre mon cœur, il est dedans ma bouche.

OLIMPE.

Monsieur encor vn coup.

CLEANTHE.

Ah Madame, laissez,
Ie reçoy du plaisir plus que vous ne pensez.

OLIMPE.

Si quelqu'vn nous voyoit que ne pourroit-on croire?

CLEANTHE.

Rien qui ne peust beaucoup augmenter vostre gloire,
Rien qui ne témoignast vostre inclination,
Vostre rare merite & vostre affection.
Mais ie crains d'abuser de vostre patience,
Et d'estre déplaisant à vostre complaisance,

I ij

Remply de vos faueurs, ie prends congé de vous,
Adieu de mes pensers, objet cruel & doux.
Syluestre.

SYLVESTRE à Nerine.

A te quitter faut-il donc me resoudre,
Ioly moulin à vent où i'ay dessein de moudre.
Que voulez-vous de moy ?

CLEANTHE.

Rien qu'en estre conduit.

SYLVESTRE

Allons, ie suis le iour & vous estes la nuit,
Suiuez vostre falot.

LIDAMAS.

Il en tient le bon-homme,
Il va benir tout seul le feu qui le consomme,
Il croit auoir baisé cette adorable main.

NERINE.

Deux Dames dans la sale attendent à dessein
De vous faire auiourd'huy compliment & visite,

OLIMPE.

Ie les vay receuoir.

LIDAMAS.

Adieu donc ie vous quitte.

SCENE III

OLIMPE, NERINE.

NERINE retenant Olimpe.

Madame, s'il vous plaift reuenez fur vos pas,
Ce n'eft qu'vn faux femblant, on ne veus attend
pas.

OLIMPE.

Explique-donc pourquoy tu m'as dit le contraire ?

NERINE.

Pour tromper Lidamas, & pour vous en défaire,
Pour vous prier encor de garder voftre foy

I iij

A qui vit plus en vous qu'il n'eſt viuant en ſoy,
A cet infortuné, mais Amant veritable,
Qui vous croit monſtrueuſe & vous tient adorable.
L'amour des ieunes gens d'ordinaire eſt leger,
Ce n'eſt à bien parler qu'vn oyſeau paſſager,
Qui ne peut demeurer long-temps en vne place
Que le Printemps ameine, & qu'vn iour d'hyuer chaſſe.

OLIMPE,

Cruelle à quel deſſein me tiens-tu ce propos ?
Pourquoy trauerſes-tu ma flame & mon repos ?
Quelle haine couuerte, & quelle noire enuie
Te fait en mon amour attenter ſur ma vie ?
D'où te naiſſent ces ſoins que ie n'approuue pas
Et qui te porte enfin à blâmer Lidamas ?

NERINE.

Mon zele ſeulement & la peur raiſonnable
Qu'vn faux & feint amour eu trompe vn veritable
Celuy que voſtre cœur cherit ſi conſtamment
Dans d'infames liens s'engage indignement.
Depuis vn mois entier certaine Courtiſane,
Eſt le Temple & l'Autel de cet Amant profane,
Il y va tous les iours ſacrifier ſes vœux,
Et puis vous vient offrir ces impudiques feux.
Cette femme qui vit des offenſes dès hommes,

Cet opprobre public du sexe dont nous sommes
A fait de cette montre en plus de mille lieux
Vn criminel appas pour attirer les yeux.
Cette infame auant vous s'en est souuent ornée,
Mais à son bienfaicteur elle l'a redonnee;
Afin de ruiner le vertueux dessein
Que Cleanthe pour vous entretient dans son sein.

OLIMPE.

Qu'entens-je, iuste Ciel, & que dis-tu Nerine?

NERINE.

Ce que m'a dit Syluestre en la chambre voisine,
Ce que mal-aisément on peut s'imaginer,
Mais Syluestre n'est pas garçon pour en donner.

OLIMPE.

Apprends-moy plus au long cette facheuse histoire.

NERINE.

Telle qu'il me l'a dite elle est dans ma memoire,
Mais i'apperçoy quelqu'vn qui pourroit écouter,
Venez ailleurs qu'icy l'entendre raconter.

SCENE IV.

LVCILLE tenant vne lettre.

IE ne vay qu'en tremblant retrouuer ma maitresse,
Elle a iuste sujet de punir ma paresse,
Sans causer nulle part ie deuois reuenir,
Mais le sexe coëffe ne s'en peut abstenir,
Pour quelque grand dessein qu'on enuoye vne fille
Il faut ou qu'elle meure, ou bien qu'elle babille,
C'est en cet animal vne imbecillité
Que la suite du Temps change en necessité.
I'en fais en ce moment vne preuue certaine,
Il semble que mes pieds soient liez d'vne chaine,
Et bien que mon deuoir appelle ailleurs mes pas
Ie parle toute seule, & ne l'escoute pas.
Mais euertuons-nous, & luy prestons l'oreille,
Allons nous-en d'icy puis qu'il nous le conseille,
Ma maitresse iamais n'eut guère de rigueur,
I'espere en obtenir pardon de ma longueur
Pourueu que le destin n'ait pas voulu permettre

Qu'

Que l'abord de Thelame ait deuancé ſa lettre.
  Mais obſtacle nouueau, voici venir quelqu'vn,
C'eſt Cleanthe, éuitons cet Aueugle importun,
Et parce que Sylueſtre auecque lui s'approche,
Gliſſons en eſquiuant ce papier dans ma poche.

Elle laiſſe
tomber
la letre.

SCENE V.

CLEANTHE, SYLVESTRE.

SYLVESTRE.

Aspre à vous ſatisfaire autant & plus qu'aux pots,
N'ay-je pas inuenté ce menſonge à propos ?

CLEANTHE.

Va, tu merites trop, ceſte adraiſe impoſturee
Me remet vers Olimpe en meilleure poſtur ;
Elle eſt à Lidamas vn coup triſte & fatal
Qui doit dans peu de temps changer ſon bien en mal,
Rien n'excita iamais le dépit d'vne femme
A l'égal du meſpris que l'on fait de ſa flame,
Et ſon courroux éclate auec iuſte ſujet

K

Quand qui la sert s'applique à quelqu'indigne objet.
Si Neriue t'à creu, ie ne fay point de doute
Qu'à cette heure à l'escart Olimpe ne l'escoute,
Et que voyant ses feux si laschement trahis,
Elle ne foule aux pieds le présent de mon fils.

SYLVESTRE.

Si Nerine m'a creu? Ce mot de si, me picque,
Elle tient mes discours reglez comme Musique,
Plus qu'à pas vn mortel elle se fie en moy,
Et mes songes luy sont des Articles de Foy.
Ie gage qu'à present tout son caquet s'efforce
A faire qu'à l'accord succede le diuorce,
Et qu'Olimpe abhorrant l'ardeur de Lidamas
A vous seul desormais destine ses appas.
Ce qui peut l'obliger d'agir de cette sorte
C'est que i'ay desiré que sa langue fust morte,
Et que l'entretenant d'vn Amant indiscret
I'ay feint que i'en faisois vn important secret,
D'ailleurs par le motif d'vne reconnoissance
Cette fille vous sert de toute sa puissance,
Elle m'a declaré que son frere sans vous,
Eust esté le repas des corbeaux & des loups,
Et que brauant la mort d'vne façon hautaine
Il eust dansé dans l'air iusqu'à perte d'haleine.

CLEANTHE.

Il est vray que sans moy, ce pauure malheureux
Auroit suby la loy d'vn Arrest rigoureux,
Il s'estoit declaré deserteur de Milice,
Et le conseil de guerre en eust fait la Iustice.
Mais laissons ce discours, & ne ramenons point
La memoire d'vn acte où tant d'opprobre est ioint
Suffit que par mes soins ie sauuay ce coupable.
Reuenons à Nerine, elle te plaist ?

SYLVESTRE.

        Sans fable.

CLEANTHE.

Elle sçait donc de toy mon feint aueuglement.

SYLVESTRE.

Ie suis trop vieux Renard pour cet aueuglement,
Quand le Ciel m'auroit mis dedans le corps cent Ames
Ie n'en découurirois pas vne seule aux femmes,
Ie ne parle qu'en crainte à ces fiers Animaux,
Se taire fus tousiours le pire de leurs maux,
Et s'il faut clairement exprimer ma pensee,
Pour garder vn secret la femme est trop percée.

CLEANTHE,

Ce difcours eft encor vn trait de ton efprit,
Mais qui dans cette fale a laißé cet efcrit ?
Donne-le-moy, Sylueftre, il faut voir ce qu'il porte,
La plume de Thelame efcrit de cette forte,
L'addreſſe eft à Melice, ó Ciel ce fuborneur
Tend infailliblement vn piege à fon honneur.

Lettre.

Madame i'ay leu voftre lettre
Qui veut m'obliger à promettre
De marquer mon depart par voftre enleuement,
Ie fuis voftre fuiet, mais ie tiens pour maxime
Que quand vn Roy commande vn crime
On defobeit iuftement.

Ce foir à la faueur de l'ombre
Accompagné d'ennuis fans nombre,
I'iray felon voftre ordre à deſſein de vous voir,
Mais au lieu de ceder à voftre iniufte enuie,
A vos yeux ie perdray la vie
Où vous fuiurez voftre deuoir.
Thelame.

CLEANTHE Apres auoir leu.

Tranfporté de trifteſſe & de ioye
Comme entre deux chemins mon efprit fe fouruoye,

Deux diuers mouuemens me tirent deuers eux,
Et ie doute lequel ie doy suiure des deux.
Mais c'est trop balancer, dißipons cette doute,
Suiuons la plus plaifante & la meilleure route.
Et deftournant les yeux d'vne fille fans cœur,
Enuifageons celui qui fatiue fon honneur.
Il doit bien-tof venir, car defia les eftoiles
Defployent parmi l'air leurs tenebreufes toiles.
Ie veux recompenfer fa veritable amour,
Et paraitre enuers lui genereux à mon tour.
Sa vertu m'a furpris, auant que le iour vienne
Ie le veux à l'enuy furprendre par la mienne,
Mon efprit occupé dans vn deßein fi beau
M'en fournit vn moyen agreable & nouueau.
Efperez, donc, Thelame, & n'ayez plus de crainte
Que ie choque l'ardeur dont voftre ame eft atteinte.
Ie vous promets ma fille, & part dedans mes biens,
Vous auez des trefors qui furpaßent les miens.
La voici cette fille, indigne de ma grace
Reiettons ce papier, & luy cedons la place.

SCENE VI.

MELICE, LVCILLE.

LVCILLE amaſſant la lettre.

MAdame la voici, ne vous tourmentez plus,
Voſtre pere & Sylueſtre auoient les pieds deſſus.
Mais l'vn eſtant aueugle, & de bonne auenture
L'autre n'ayant iamais rien ſceu dans la lecture,
Ie ne m'eſtonne point s'ils n'ont pas amaſſé
Cet eſcrit que Theldme a lui meſme tracé.

MELICE.

Donne-le-moy, Lucille, & permets qu'à mon aiſe
I'en admire les traits, ie les liſe & les baiſe.

Elle lit tout bas, & apres auoir leu.

Ciel que viens-je d'apprendre ! & que viens-je de voir !
Donc ma ſeule eſperance a trahi mon eſpoir,
L'obiet de mon amour neglige, fuit, & blâme,
Le noble excez d'amour qu'il excite en mon ame.

Ah! Thelame, apres tout ce refus m'est suspect,
La crainte vous l'inspire, & non pas le respect,
Vous preferez le vostre au repos de Melice,
Il n'est rien qu'en aimant vn grand cœur n'accomplisse.
Lucille, si l'ingrat en qui i'espere en vain
Se ressouuient des traiss qu'a figurez sa main,
L'air que l'obscurité de la nuit enuironne,
Me doit bien-tost ici faire voir sa personne,
Va l'attendre en la ruë, & l'ameine sans bruit,
Iuger du triste estat où mon cœur est reduit.

LVCILLE.

Si vous le commandez, ie ne m'en puis defendre,
Mais ie croirois meilleur de ne le point attendre,
Il a, vous le sçauez, vne clef du iardin,
Il peut en y passant accourcir son chemin,
Et sçachant du logis iusqu'à la moindre addresse,
Il peut encor sans bruit venir voir sa maistresse,
Comme ie l'ay preueu l'affaire a reüssi,
Mes yeux ce sont trompez, ou c'est lui que voici.

SCENE VII.

THELAME, MELICE, LVCILLE.

THELAME, tenant la letere de Melice.

NOn iamais voſtre main n'écriuit cette lettre ;
Voſtre rare vertu ne l'auroit pû permettre,
Ie crois abſolument qu'vn folaſtre démon
A comme voſtre main emprunté voſtre nom.
Si chez vous la raiſon a repris ſon Empire,
Vous ne blâmerez pas ce que ie viens de dire,
Et prendrez mes diſcours pour d'aſſurez teſmoins
Qu'on flatte dauantage alors qu'on aime moins.

MELICE.

Voſtre vertu, Thelame, a réueillé la mienne ;
Vous ne m'auez rien dit dont ie ne me ſouuienne,
I'ay receu des clartez de vous auoir oüy,
Mon iugement les void ſans en eſtre ébloüy,
N'apprehendez donc point que ie vous mes-eſtime,
Si vous me reprenez ſur le projet d'vn crime,

Ie vous

Ie vous en aime mieux, & ie mets mon bonheur
A mourir pour celuy qui m'a fauué l'honneur,
Mourir! ah qu'ay-je dit, gardons-nous de pourfuiure,
Pour qui me chérit tant ne fongons plus qu'à viure.
Et tâchons de reduire vn pere fans pitié
A céder aux ardeurs de fa chaste amitié.

THELAME.

L'Amitié ne peut rien fur cet homme barbare,
Ce beau feu n'agift pas deffus vn cœur auare,
Donc au lieu de nourrir vn efpoir fuperflu
Permettez mon départ que le Ciel a conclu
Adieu.

MELICE.

Ie ne fçaurois vous dire adieu Thelame,
On manque de parolle au poinct de perdre l'Ame
Receuez vn foupir au defaut de la voix.
Mais qui conduit icy ce valet que ie vois.

L

SCENE VIII.

SYLVESTRE, THELAME, MELICE.

SYLVESTRE.

MAdame concluez de ce que ie vay dire
Si vous auez sujet de pleurer ou de rire,
Si vous deuez bénir ou maudire le sort,
Bref si ce changement vous fait plaisir ou tort :
D'vn plein saut comme on dit, & toute à l'impourueuë
Mon Maistre a recouuré la moitié de la veuë
Par de secrets ressorts, infernaux ou diuins,
Son visage a tourné le dos aux quinze vingts,
L'vn de ses deux luisans a quitté la débauche,
Bref il void clair d'vn œil, & cét œil est le gauche,
Il m'a dit qu'il viendroit dans peu de temps icy,
Il tient ce qu'il promet Madame le voicy.

THELAME.

Si i'en suis apperceu, ie pressens ses outrages

MELICE.

Vous pouuez aisement éuiter ces orages,
Hastez-vous de courir vous cacher dans ce coin,
Du reste n'ayez peur, i'en veux prendre le soin.

SCENE IX.

CLEANTHE, MELICE, THELAME, SYLVESTRE.

CLEANTHE.

MA fille prenez part à la soudaine ioye
Dans qui mon cœur se plonge & mon ame se noye,
l'ay pour l'heure vn bon œil.

MELICE.

Syluestre me l'a dit

MELICE.

Le Ciel quand il luy plaist agit sans contredit,
Puisqu'il a commencé de vous rendre la veuë,
Ce grand commencement doit auoir pleine issuë,
Et certes si l'on peut recueillir quelque fruit
Des auertissemens que nous donne la nuict
Si l'on peut quelque fois s'asseurer sur les songes
Et si tous leurs rapports ne sont pas des mensonges
L'on vous verra bientost dans mon pressentiment
Tout a fait garanty de vostre aueuglement.

CLEANTHE,

Quel prophetique instinct, ou quel heureux augure
Entretient vostre esprit dans cette coniecture?

MELICE.

Quand Syluestre est venu m'apprendre que le Ciel
Ne versoit plus sur vous tant d'absinthe & de fiel
Et qu'auec l'vn des yeux sa colere assouuie,
Vous rendoit le plus pur des plaisirs de sa vie,
L'esprit enseuely dans vn profond sommeil
Vostre front m'a paru couronné d'vn Soleil
Dont les rayons épars dessus vostre visage,
Le tiroient tout brillant du milieu d'vn nuage.
Ce phantosme charmant auroit beaucoup duré

Si Sylueſtre en parlant ne l'euſt point effaré.
Tel eſt en peu de mots, mon ſonge & ſes peintures,
Tâchons s'il eſt menteur d'en voir les impoſtures
Et s'il préſage vray dans ſes obſcuritez.
Tâchons pareillement d'en voir les veritez.
Il n'eſt pas mal-aiſé d'en venir à l'épreuue
S'il plaiſt de vous ſeruir d'vn moyen que treuue.

CLEANTHE.

Volontiers.

MELICE.

Laiſſant donc les diſcours ſuperflüs
Voſtre œil gauche eſt le bon, mettez la main deſſus
Ainſi vous iugerez auec plus d'aſſurance
Si des obiets préſens le droict à connoiſſance
Et ſi de mon ſommeil, les biſares tableaux
Eſtoient remplis de traits veritables où faux.

CLEANTHE.

Subtile inuention, induſtrie agreable.

MELICE, à Thelame.

Sortez.

CLEANTHE arreſtant Thelame.

Vous auez fait vn ſonge veritable
Melice ie vous voy, ie voy Thelame auſſi
O Ciel, qu'heureuſement ce ſonge a reüſſy.

MELICE.

Que ie ſuis eſtonnée.

SYLVESTRE.

Il faut crier miracle.

THELAME.

Monſieur ne croyez pas qu'en dépit de l'obſtacle
Qu'oppoſe à mes ardeurs voſtre auare courroux
Ie vienne reuolter voſtre ſang contre vous
Ce coupable deſſein, n'entre pas dans mon ame
I'en iure,

CLEANTHE

Briſez là. Ie le ſçay bien Thelame
Les traits de voſtre main, m'ont fait voir voſtre cœur
Et paſſant iuſqu'au mien ont tûé ma rigueur
Plus touché de reſpect que cette ingratte fille
Vous auez conſerué l'honneur de ma famille.

THELAME.

Moy Monsieur! espargnez.

CLEANTHE.

*   Vostre discretion*
Vous fait desauoüer cette bonne action.
Mais ie suis esclaircy de toute cette histoire
Vos nobles sentimens sont peints dans ma memoire. àMelice.
Vos molles lâchetez y sont peintes aussi,
Mais s'il en faut parler, c'est autre part qu'icy.
* Cependant s'il est vray que vous l'aymiez encore* à Thela-
Sçachez que vos vertus font que ie vous honore, me.
Et qu'auec plaisir ie permets que demain
Elle vous donne au Temple & le cœur & la main.

THELAME.

Ie ne puis receuoir plus d'honneur en ma vie.

CLEANTHE.

Ie conduiray l'affaire au gré de Vostre enuie,
A la charge pourtant, que vous ne direz point
Qu'à mon Aueuglement tant d'artifice est ioinct,
Ie veux encor ioüer par cette ruse adraitte
Vn temeraire fils, vne Amante indiscreite
Sçauoir iusqu'à quel poinct leur fourbe peut aller.

Et comment ils pourront enfin s'en démeller,
Ie commets ce secret à vostre confidence,
Songez, à le tenir sous la clef du silence.

THELAME.

Que puißions-nous mourir, si nous le declarons.

CLEANTHE.

En iurez vous tous deux.

THELAME & Melice ensemble.

Ouy nous vous en iurons.

Fin du quatriésme acte.

ACTE V.

SCENE PREMIERE.

LIDAMAS, OLIMPE, NERINE.

LIDAMAS.

I'AVROIS fait cette iniure à l'obiet que
i'adore?
Aprés tant de sermens, le croyez vous en-
core?
Faut-il incessamment vous les reïterer?
Tout l'Element du feu me vienne deuorer,
Et si i'ay merité les soupçons où vous estes
L'Air s'arme contre moy d'Esclairs & de Tempestes
La Mer me creuse vn lict au profond de son Eau
Et la Terre entr'ouuerte en son centre vn tombeau.

M

Tout l'Vniuers enfin me donne des allarmes
Si i'ay si mal traité vostre amour & vos charmes,
Et si depuis l'instant que ie les admiray
Pour d'autres que pour eux, mon cœur a souspiré.
    Lasche & perfide autheur d'vn raport qui m'offence,
Tu ne te peux soustraire à ma iuste vengeance.
Sans mettre en contrepoids ma naissance & ton rang,
Pour lauer ton forfait ie verseray ton sang,
La iustice du ciel contraire à l'Imposture
M'ameine cette ingrate & vile créature,
Le voicy le menteur qui vous en a tant dit.
Remarquez à quel poinct il paroist interdit,
Ma rencontre l'estonne, & son maintien timide
En me iustifiant accuse ce perfide.
    Auance malheureux, & sans aucun détour
Parle & rend promptement la vie à mon Amour.
Quelle autre que Madame est sur moy souueraine?
Quelle autre me retient d'vn inuisible chaisne?
Quelle autre me remarque entre ses courtisans?
Et quelle autre a iamais receu de mes presents?
Respond, il te sied mal de craindre & de te taire
Ta crainte & ton silence augmentent ma colere,

SCENE II.

SYLVESTRE, LIDAMAS, OLIMPE, NERINE.

SYLVESTRE.

MOnsieur promettez moy que vos mains en cour-
    roux,
Ne me chargeront pas d'vne gresle de coups,
Et i'ose m'engager aprés cette promesse
De vous remettre bien auec vostre Maistresse.

LIDAMAS.

Parle donc viste, & sois sans apprehension.

SYLVESTRE.

Madame auparauant soyez sa caution.

M iij

OLIMPE.

Ne crains rien, ie responds qu'il te tiendra parolle.

SYLVESTRE.

Le discours que i'ay fait n'est qu'vne pure colle,
Qu'vne poudre à soufler dans les debiles yeux,
Qu'vn mensonge de ceux qu'on nomme officieux,
Vostre pere qui sçait que les yeux de Madame
Sont depuis quelque temps les Soleils de vostre ame,
Et que par vn succez à son repos fatal
Ces globes d'argent vif vous ont fait son riual.
Ialoux que ce beau feu qui s'allume en vos veines
Rende en le supplantant ses esperances vaines,
D'vn plein commandement m'a fait vous desseruir
Vers le plus digne objet qui vous pouuois rauir.

LIDAMAS.

Quoy le mauuais party que tu m'as voulu faire
Est vn trait enuoyé de la part de mon pere?
Il sçait que i'ayme Olimpe? & que cette beauté
Ne m'a point iusqu'icy fait voir de cruauté?
Quel ennemy couuert? quelle bouche indiscrette?
A pû luy découurir vn amour si secrette?

SYLVESTRE.

Luy seul l'a descouuerte, & luy seul desormais,
S'il en a le dessein vous iouëra de bons traits.

LIDAMAS.

Parle plus clairement, explique tes paroles.

SYLVESTRE.

Parce qu'on me fait taire à force de pistolles.
Vostre raisonnement vous fait-il soupçonner
Que ie ne parle pas, lors qu'on m'en veut donner?

LIDAMAS.

Syluestre ie t'entends, prends çecy par auance.

SYLVESTRE.

Qui donne de l'argent, presse bien du silence,
Escoutez-moy parler, ie voy clair?

LIDAMAS.

Ie le croy.

SYLVESTRE.

Vostre pere, Monsieur, voit aussi clair que moy.

M iij

LIDAMAS.

Tu me veux abuſer d'vne autre menterie.

SYLVESTRE.

Si ie mens, iettez-vous deſſus ma fripperie.

OLIMPE.

Cleante verroit clair! depuis quand iuſtes Cieux?

SYLVESTRE.

Depuis que dans le monde il apporta des yeux,
Et que debaraſſé du ventre de ſa mére,
Il vint auec l'Air reſpirer la lumiere.

OLIMPE.

Il n'eſt donc pas aueugle?

SYLVESTRE.

Et jamais ne le fut.

LIDAMAS.

Apprens nous de ſa feinte & la cauſe & le but.

SYLVESTRE.

Vn ſemblable recit eſt de trop longue haleine;

Vous l'entendrez pourtant n'en soyez pas en peine,
Ie vous diray tantost d'vn langage naïf
De ce déguisement la fin & le motif.
Cependant vous & moy, prenons la hardiesse
De faire à cét aueugle entre nous quelque piéce,
Si vous donnez croyance aux auis d'vn valet,
Vous aurez vn plaisir qui ne sera pas laid,
Ioint qu'il est à propos que par quelque industrie
Tout vostre procedé passe en galanterie,
Il faut que vostre pere entre en vn sentiment
Que vous n'ignoriez pas son feint aueuglement,
Et que les libertez prises en sa presence
N'estoient que des essays d'vser de patience.

LIDAMAS.

Blais ny le monde entier n'eut iamais ton pareil,
Charmé de ton esprit, i'approuue ton conseil.
Desja pour réüssir dedans cette entreprise,
Ie n'ay besoin de rien que de ton entremise.
I'imagine vn moyen facile à pratiquer
Par qui sera moqué, qui pretend nous moquer.

SYLVESTRE.

Asseurez-vous de moy, ie vous donne parole
D'apporter tous mes soins à bien iouer mon rôle.

LIDAMAS.

Il suffit, en ce lieu sans plus nous arrester,
Dans la chambre prochaine allons nous concerter.

SYLVESTRE.

Allez & trouuez bon qu'icy seul ie demeure
Nostre piéce en sera plus secrette & meilleure.

LIDAMAS.

Adieu, nous te laissons la chose estant ainsi.
Ton salaire est tout prest, mais sers nous bien aussi.

SCENE III.

SYLVESTRE seul.

Par quel autre moyen destourner la tempeste
Qui menaçoit mon dos aussi bien que ma teste?
Lidamas irrité m'eust accablé de coups,
Se plaire à se voir battre est le plaisir des fous,
Pour moy quand honnoré de sacrez characteres

l'escou

I'escouterois des cœurs les plus secrets mysteres,
Plustost qu'au beure noir auoir les yeux pochez,
D'vn chacun en public ie dirois les pechez,
A quelque si haut poinct qu'vn affaire me touche
Ie ne puis arrester ce maudit flux de bouche,
Sur tout lors que ie sçay qu'auec mon caquet
A qui me traite mal, ie puis rendre vn pacquet.
Depuis le grand matin, mon Maistre & ses caprices,
M'ont employé sans treue a de fascheux seruices.
Et ce qui plus encor, me paroist importun,
C'est qu'à l'heure qu'il est ie dormirois à ieun.
Ce ieu ne me plaist pas, & la main sur la pance,
I'enrage de bon cœur aussi tost que i'y pense.
Moy n'auoir d'auiourd'huy rien humé que du vent,
Ma foy i'euiteray ce mal d'orénauant.
Plustost que de ieusner, i'iray la teste nuë
Estocader du bras les passans dans la ruë
Mon Maistre me d'eust-il... il vient à petits pas.

SCENE IV.

CLEANTHE, SYLVESTRE.

CLEANTHE.

N'Ay-ie pas entendu la voix de Lidamas.

SYLVESTRE.

Cela ce peut, il sort.

CLEANTHE.

Auec celle que i'ayme?

SYLVESTRE.

Iustement.

CLEANTHE.

Aucun d'eux ne sçait mon stratageme?

SYLVESTRE.

Ie demeure confus à cét interrogat
Il me frappe à l'honneur ie vous le dis tout plat,
Il semble à vous ouyr, que ie sois la gazette,
Mais pour vos interests i'ay la gueule muette.

CLEANTHE.

Miroir des bons valets, & des vrays confidents.

SYILVESTRE.

Au reste Lidamas en tient droict là dedans,
Mais du fer asseré d'vne si rude fléche,
Que sa raison ne peut en reparer la bresche,
Il faut qu'il ayt Olimpe au plus tard dans demain
Ou qu'à s'oster la vie il occupe sa main
Par d'horribles serméns son amoureuse rage
A promis d'exercer ce criminel outrage,
Monsieur auisez-y, preuenez ce malheur
Et donnez quelque chose à sa ieune chaleur.

CLEANTHE.

Ton conseil en cecy ne m'est pas necessaire,
I'ay desia resolu ce qu'il est bon de faire,
Mais sans me défier de ta discretion,
Ie te tais sur ce point ma resolution.

N ij

Donc sans qu'à la sçauoir tu te rompes la teste,
Va t'en tenir mon lict & ma toilette preste,
Ce liure cependant sera mon entretien,

SYLVESTRE.

Ie l'estimeray bon ; si vous le goustez bien.

CLEANTHE assis vers vne table.

La suitte du Menteur. Lisons du premier acte.
Et faisons de ses vers vne censure exacte.

Il lit quelque vers de la suitte du menteur, Comedie de Monsieur Corneille.

SCENE V.

LIDAMAS, CLEANTHE.

LIDAMAS.

Qvoy le liure à la main ?

CLEANTHE.

Ouy mon fils & i'auoüe

Que le Ciel en ses soings merite qu'on le louë,
Sylueſtre de ma part vous eſt allé chercher
Et ſa longueur paſſoit au poinct de me faſcher.

LIDAMAS.

Que deſirez vous donc de mon obeiſſance.

CLEANTHE.

Rien ſinon que vous faire eſcrire ma deſpenſe.
Et dreſſer vn memoire en qui ſoit contenu
L'Argent à mon valet donné par le menu,
Ie veux m'inſtruire au vray iuſqu'à combien il monte,
Tenez, cherchez du blanc dans ce liure de compte,
Puis d'vne main habille & d'vn trait aſſuré,
Peignez y nettement ce que ie dicteray.

LIDAMAS.

La rencontre eſt plaiſante, il faut que ie le die,
Voſtre liure de compte eſt vne Comedie!

CLEANTHE.

Vous me ioüez mon fils, mais finiſſez ce ieu,
Qui vous ſied aſſez mal, & me déplaiſt vn peu.

LIDAMAS bas.

Qu'il diſſimule bien, & qu'il abonde en ruſes.

Monsieur si l'auois tort, i'en ferois mes excuses.
Mais que puisse le Ciel, où l'Enfer en courroux,
En ce mesme moment, m'aueugler comme vous.
Si ie vous en impose, & si c'est fantaisie,
Que ce liure de compte est vne poësie.
On le vend dans Paris en vingt lieux au Palais,
Cent fois ce qu'il contient s'est dit dans le Marais,
I'ay souuent pris plaisir à l'entendre moy-mesme,
Et contre les censeurs defendu ce poëme.
Il est intitulé la suitte du Menteur.
Et sort du cabinet â vn excellent Autheur.

CLEANTHE.

Seroit-il bien possible ?

LIDAMAS.

Il est tres véritable.

CLEANTHE.

Qu'auec vn tel valet, vn Maistre est miserable,
Ce coquin de Syluestre à tous coups s'estourdit,
Et ne fait iamais bien les choses, qu'on luy dit.
Je veux compter à luy, puis le mettre à la porte.

LIDAMAS.

Moy l'accabler de coups auparauant qu'il sorte.

Ie suis icy venu pensant l'y rencontrer,
Mais le Ciel à mes yeux ne le veut pas montrer
Quelque endroit de la ville où ie puisse l'atteindre,
Ie sçauray le reduire au terme de se plaindre,
Il n'obtiendra de moy ny trêue ny cartier
Et ne luy restera pas vn seul os entier.

CLEANTHE.

Qu'à t'il fait qui merite vne telle menace?

LIDAMAS.

Vne action, vn trait d'insuportable audace,
Vn rapport si perfide, vn mensonge si noir
Et si bien coloré que l'on n'y peut rien voir.

CLEANTHE à l'Escort.

Cét intrigue incognu conduit par mon organe,
Resulte de la montre & de la Courtisane,
I'ay mieux esté seruy que ie ne l'esperois,
Mais ne feignons pas moins que si ie l'ignorois.

LIDAMAS.

Monsieur que dittes vous? vous parlez ce me semble.

CLEANTHE.

I'accuse & ie defends mon valet tout ensemble,

Tantoſt iuſques à luy ma colere deſcend,
Puis ie me reſſouuiens que c'eſt vn innocent
Qui parle ſans raiſon, ſans cauſe, & ſans meſure,
Et qui croit obliger à lors qu'il fait iniure.
Ainſi voſtre courroux ſe pourroit aſſouuir
Du Sang d'vn Animal qui penſoit vous ſeruir.

LIDAMAS.

C'eſt donc vn Animal, bien cruel & bien traitre,
Qui pourſuit & qui mort les enfans de ſon Maiſtre.
Certes ſi ie le puis rencontrer où ie vais,
Ie l'empeſcheray bien de les mordre iamais.

✾✾✾✾✾✾✾✾✾✾✾✾✾✾✾✾✾✾✾✾✾✾✾✾

SCENE VI.

OLIMPE, CLEANTHE.

OLIMPE.

HÉ Dieux! ie vay tomber, accourrez, ie vous prie,
Mon pied s'eſt enlaſſé dans la tapiſſerie,

CLEANTHE.

Ie ſuis à vous Madame, & vous craignez en vain,

Qui

Qui donne bien le Cœur, peut bien prester la main.

OLIMPE.

Monsieur, i'estois sans vous de secours despourueu,
Donc les Cieux adoucis vous ont rendu la veüe?

CLEANTHE.

N'en faites pas, Madame, vn si bon iugement,
Ie suis plus que iamais dedans l'Aueuglement.

OLIMPE.

Comment doncques d'vn pas aussi ferme qu'habille,
M'auez-vous fait trouuer vostre presence vtile?
Certes nul ne pouuoit s'offrir plus à propos,
Et ie croy qu'il faut voir pour estre si dispos.

CLEANTE

Ah! Madame, quittez cette vaine croyance,
Et pour le vray tout pur, laissez la vray-semblance,
Si i'ay paru si prompt à vous rendre vn deuoir,
Et fais ce qu'auec peine on peut faire sans voir,
N'en iugez rien, sinon qu'en mes ardeurs parfaites,
Vn naturel instinct me conduit où vous estes.
De ce sincere aueu concluez que vos yeux,
Sont encore des miens les Astres & les Dieux.

O

OLIMPE.

Ie puis apres le trait que vous venez de faire
Conclure encor qu'Amour vous guide & vous esclaire,
Et qu'en tous vos besoins, sensible & pouruoyant,
Quand il luy plaist d'Aueugle il vous rend clair-voyant.

CLEANTHE bas.

Ce discours m'est suspect. Ie confesse Madame,
Que ce Dieu se declare en faueur de ma flame,
Aussi reconaist-on quel que soit son excez.
Que mon cœur n'en ressens que d'honnestes accez.

OLIMPE.

Doncques puis qu'enuers moy vostre Amour est si pure,
Tout interest à part, vangez moy d'vne iniure :
Vn insolent m'a fais vn affront signalé.

CLEANTHE.

Quel qu'il soit autant vaut qu'il vous soit immolé,
Son Nom?

OLIMPE.

C'est Lidamas.

CLEANTHE.

Lidamas!

OLIMPE.

Ouy luy-mesme.

CLEANTHE.

Vous a fait vn affront, charmant objet que i'ayme,
Oser se prendre à vous c'est s'attaquer à moy,
Mais apprenez-m'en l'heure, & comment, & pourquoy?

OLIMPE.

Il m'a fait par priére accepter vne montre...
Iuste Ciel à mes yeux permets-tu qu'il se montre,
Il s'auance, le lasche, & marque son mespris
En mal traitant celuy par qui i'ay tout appris.

SCENE VII.

LIDAMAS, tenant Syluestre, SYLVESTRE,

CLEANTHE, OLIMPE,

LIDAMAS.

*F*Ay bien l'espouuenté.

SYLVESTRE.

Vous ne cessez, de dire
Ie réüssiray mieux que vous qui sçauez lire.

LIDAMAS.

Ah! Madame au plus fort de mon cuisant soucy,
Ie me répute heureux de vous trouuer icy,
Voyez, cét imposteur. Ie veux que dessus l'heure
Il me fasse connoistre innocent, où qu'il meure
Ie veux qu'en ce lieu mesme il declare à genoux

Que ie n'ay iamais eu que des respects pour vous,
Et s'il veut tout à fait appaiser ma colére,
Qu'il die alors qu'il ment, quel esprit le suggére,

CLEANTHE bas.

Prends garde sur ta vie à ne me pas nommer.

LIDAMAS.

Veux tu par ton silence encor me diffamer,
Parle donc malheureux, où ma pitié lassée.

OLIMPE.

Voulez-vous le contraindre à trahir sa pensée.

LIDAMAS.

Le perfide qu'il est par vn motif couuert,
Craint de desaoüer vn rapport qui me perd.
Mais puisque par l'effet d'vn respect qui le touche,
La verité ne peut s'apprendre de sa bouche,
Puissamment transporté de mon iuste dessein,
Ie m'en la vay chercher iusque dedans son sein.

CLEANTHE.

Arrestez, Lidamas, hé ! que pensez vous faire ?

Il feind
de luy
vouloir
donner
vn coup
de poi-
gnard.
Clean-
the luy
retient
le bras.

O iij

LIDAMAS.

Depuis quand dittes moy, voyez vous clair mon pére?
Qu'en cette nouueauté, ie me sens resiouy,
Et que ie voy mon dueil bientoft efuanoüy.

CLEANTHE.

Tout beau, tout beau mon fils, moderez voftre ioye,
C'eft vn abus à vous de croire que ie vôye,
Ie n'ay quand i'ay retint voftre bras & ce fer,
Qu'entre-veü feulement vne lueur dans l'Air,
Au refte refiftez à ces chaudes Allarmes
Qui vous font fans fuiet auoir recours aux Armes,
En quoy que ce Maraut ait pû vous offencer,
La meilleure vangeance eft de n'y plus penfer,
Parler à contre temps n'eft que fon ordinaire,
Comme de declarer les chofes qu'il faut taire,
L'innocent m'a bien dit, mais ie ne le croy point,
Que voftre cœur aymoit Olimpe au dernier poinct,
Que vous brufliez pour elle, & qu'elle mefme encore,
Auoit quelque pitié du feu qui vous deuore.

LIDAMAS.

Sylueftre en ce rapport a dit la Verité,
Ie ne le celé point Olimpe m'a dompté,
Et bien que cét aueu vous choque & vous irrite,

Ie n'ay pû sans l'aymer cognoistre son merite,
Mais qu'vne telle Amour m'a fait souffrir de mal,
I'ay mille fois rougy d'estre vostre riual,
Et mille fois encore ne sçachant plus que faire,
Ie me suis opposé que vous estiez mon pere,
Ce vertueux combat d'Amour & de respect
Entre Madame & moy c'est fait à vostre aspect,
N'osans par le discours vous découurir nos Ames,
Nostre geste a tasché d'en mettre au iour les flames,
Vous le sçauez, Monsieur, tout s'est fait deuant vous,
Et vos yeux s'ils parloient, le diroient mieux que nous.

CLEANTHE:

Vous me venez, de faire vn discours bien estrange!
Olimpe qui m'ayma me néglige & me change,
Vn fils que ie croyois en vertu sans esgal,
Son deuoir en oubly, s'est rendu mon riual?
Et ce qui plus encor me surprend & m'offence,
Si l'on croit vos discours, i'en ay pris connoissance.
Mes yeux par plusieurs fois ont pû me rapporter,
Des feux que vostre dueil n'osoit manifester.
Falloit-il fils ingrat & plein de barbarie,
A la brutalité ioindre la Raillerie?
Et d'vn discours picquant, impie & concerté
Vous rire insolamment de mon infirmité?

LIDAMAS.

A d' Autres deformais tenez vn tel langage,
Vous mettez hors de temps les feintes en vsage,
Ne diſſimulez plus, voſtre Artifice eſt ſçeu,
Et qui penſoit tromper, s'eſt luy-meſme deçeu.
Nos traits diuertiſſans, nos galantes addreſſes,
Prouuent que nous eſtions inſtruits de vos fineſſes.
Et ſi vous deſiriez que ie m'explique mieux,
Olimpe eſt ſans attraits, ainſi que vous ſans yeux.

CLEANTHE à Syluestre.

Lasche, qu'm'as trahy.

SYLVESTRE.

Pardonnez-moy, mon Maiſtre.

LIDAMAS.

La vérité de ſoy ſe fait aſſez connaiſtre.

CLEANTHE.

Cependant ie vous puis iuſtement accuſer
De promettre beaucoup, & de tout refuſer.
Ie deuois poſſeder voſtre corps & voſtre Ame,
Lidamas toutesfois en ioüira, Madame.
Mais dittes pour excuſe en Prouerbe commun,

Qui

Que le pere & le fils, ne sont reputez qu'vn.

OLIMPE.

Je diray bien plustost dedans la bienseance,
Que mon iugement seul a fait mon inconstance,
Sçachant que vous feigniez d'estre aueugle vers moy,
I'ay creu que mon abord vous donnoit de l'effroy,
Et que vous ne faisiez cette feinte imprudente,
Qu'afin de m'aduertir d'éuiter vostre veuë.
Donc si mon procedé vous a mal satisfait,
Blasmez-vous seul d'vn mal que vous vous estes fait.

CLEANTHE.

La response est adroitte & l'excuse plausible,
Pour ce nouuel amant tesmoignez-vous sensible.
Je me repute heureux qu'ayans à me quitter,
Vos yeux dessus mon fils ayent daigné s'arrester,
Apres ce sentiment de mon Amour esteinte,
Apprenez-moy de qui vous auez sçeu ma feinte?

SYLVESTRE bas.

Ils me vont declarer, ie tremble de frayeur,

SCENE DERNIERE.

THELAME, MELICE, NERINE, CLEANTHE,
OLIMPE, LIDAMAS, SYLVESTRE.

MELICE.

L E fils de Parmenon est arriué, Monsieur,
Et le voicy qui vient vous offrir son seruice.

CLEANTHE.

Ma fille il n'est plus temps, on sçait mon artifice,
Mon faux aueuglement a perdu son credit,
Et s'explique autrement que ie ne l'eusse dit,
Laissons la feinte à part, & reglans mieux les choses,
Tirons de vrais plaisirs, de veritables causes,
Disposez-vous tous quatre à vous donner demain,
Deuant les saincts Autels le cœur auec la main.

OLIMPE.

Quoy donc l'Auersion conceuë enuers Thelame?

CLEANTHE.

Ainsi que voſtre amour eſt dehors de mon Ame,

OLIMPE.

Dittes-nous quel remede a pû vous en guerir.

CLEANTHE.

Son inſigne vertu qu'on ne peut trop cherir,
Mais vous, dittes comment ma feinte eſt reconnuë,

LIDAMAS.

Nous en ferons ailleurs l'hiſtoire toute nuë,
Qui vous obligera d'auouer en l'oyant,
Que nous auons ioüé, l'Aueugle Clair-voyant.

CLEANTHE.

Entrons.

SYLVESTRE.

Tout beau Monſieur, où courrez-vous ſi viſte
Vous arriuerez bien, où vous irez au giſte,
Auez-vous oublié mon Amour copieux?

CLEANTHE à Olimpe.

Voſtre ſuiuante a pris mon valet par les yeux,

Madame consentez à ce beau mariage.

OLIMPE.

J'y consens.

SYLVESTRE à Nerine.

J'auray soing de la paix du Mesnage,
Et sans que ie t'oblige à payer ma façon,
J'essairay dés demain à te faire vn garçon.

FIN.